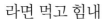

라면 먹고 힘내
(청소년 성장소설 십대들의 힐링캠프, 위로)

[십대들의 힐링캠프®] 시리즈 NO.19

지은이 ㅣ 박기복
발행인 ㅣ 김경아

2019년 6월 27일 1판 1쇄 발행
2020년 5월 27일 1판 2쇄 발행
2024년 6월 27일 1판 3쇄 발행(총 4,000권 발행)

이 책을 만든 사람들
책임 기획 ㅣ 김경아
기획 ㅣ 김효정

북 디자인 ㅣ KHJ북디자인
교정 교열 ㅣ 좋은글
경영 지원 ㅣ 홍종남
표지 일러스트 ㅣ 발라

종이 및 인쇄 제작 파트너
JPC 정동수 대표, 천일문화사 유재상 실장, 알래스카인디고 장준우 대표

펴낸곳 ㅣ 행복한나무
출판등록 ㅣ 2007년 3월 7일. 제 2007-5호
주소 ㅣ 경기도 남양주시 도농로 34, 301동 301호(다산동, 플루리움)
전화 ㅣ 02) 322-3856 팩스 ㅣ 02) 322-3857
홈페이지 ㅣ www.ihappytree.com ㅣ bit.ly/happytree2007
도서 문의(출판사 e-mail) ㅣ e21chope@daum.net
내용 문의(지은이 e-mail) ㅣ yesreading@gmail.com
※ 이 책을 읽다가 궁금한 점이 있을 때는 지은이 e-mail을 이용해 주세요.

ⓒ 박기복, 2019
ISBN 979-11-88758-10-4
"행복한나무" 도서번호 : 111

라면먹고 힘내

| 박기복 지음 |

행복한
나무

차 례

1
정직한 라면의 맛 _ 임채린

왜 라면에서 정직한 맛이 날까?

조금씩 과장하는 버릇이 있는 임채린은 어쩌다 진퇴양난에 빠지게 되었으며,
나윤정이 사 주는 컵라면을 먹고 왜 눈물을 흘렸을까?

• 한경민 ~ 임채린이 유치원 때 크게 싸운 남자애

• 이선미 ~ 임채린이 지닌 약점을 선생님에게 고자질한 여학생

2
당당한 라면의 맛 _ 박경호

라면은 어떻게 늘 당당한 맛을 잃지 않을까?

믿었던 친구에게 배신과 폭행을 당한 박경호는 어쩌다 자책에 빠졌으며,
임채린이 사 주는 라면을 먹고 왜 용기를 냈을까?

• 정재민 ~ 박경호를 배신하고 괴롭힌 못된 중3 남학생

• 양승태 ~ 가해자인 정재민을 보호하고, 박경호를 다그치는 담임 선생님

고3 수험생인 나윤정은 어떤 라면을 좋아할까?

나윤정(고3 여학생)

수능이 끝난 고3 교실은 놀이판이다. 10대를 무겁게 짓누르던 시커먼 쇠사슬에서 벗어난 자유인들이 먹고 마시고 떠들며 가벼워진 삶을 만끽한다. 교실도 여유 공간이 많다. 많은 친구들이 체험학습 신청서를 내고 학교에 나오지 않기 때문이다. 책상을 한쪽으로 밀쳐 놓고 게임을 즐기기도 하고, 배가 고프면 음식을 사다가 다 함께 먹기도 한다. 수다는 끊이지 않고, 행복은 하늘보다 넓다. 우리를 가두어 놓았던 우리는 해방 공간이 되고 삶은 더할 나위 없이 찬란하게 빛난다. 물론 완벽하게 자유롭지는 않다. 아직 발표되지 않은 수능시험 점수는 한 가닥 불안으로 자유를 위협하고 있고, 나 같은 경우는 수시 면접 준비도 해야 하기에 불안과 걱정은 반쯤 풀린 족쇄처럼 걸리적거린다. 체험학습

6

을 신청하지 않고 학교에 나온 친구들 대부분은 면접 준비를 하지만, 면접 준비도 몇 번 하고 나면 지겹고, 한다고 해도 딱히 자신감이 커지는 것도 아니어서 몇 번 하고 난 뒤에는 선생님도 우리들도 긴장감이 떨어진다.

아무튼 나는 면접이 없더라도 체험학습을 신청할 생각은 없다. 12월에 몰아서 체험학습을 신청하고 신나게 놀 계획이기 때문이다. 지난 토요일과 일요일에 면접이 있었고, 면접도 이번 주 토요일이면 끝난다. 놀다가 먹고, 면접 준비한 뒤에 먹고, 자다가 먹고, 수다떨다가 먹기를 거듭하던 일주일이었다.

마지막 면접 연습을 하는 금요일, 이제 다음 날이면 마지막 면접을 볼 테고, 그러면 내 10대가 끝나기에 시원섭섭한 날이었다. 내일이 지나면 고등학생으로서 수행해야 할 무거운 의무는 다 끝나고 나는 대학생이 된다. 물론 당연히 내가 지원한 곳에 붙어야 한다. 대학에 합격하고 나면 나는 청년이지 청소년이 아니다. 나는 청소년이란 족쇄에서 깨끗이 벗어나 내가 바라는 삶을 마음껏 누릴 수 있다. 자유는 교과서에서 탈출하여 내 삶으로 들어온다.

그렇다고 면접이 끝난 뒤 내 삶이 모두 행복으로 충만할 예정은 아니다. 면접이 끝나면 나에겐 끔찍한 날이 기다린다. 흑흑흑… 눈물이 나온다. 이제 공부를 핑계로 마구잡이로 불렸던 몸을 원상회복시켜야 한다. 아빠는 운동을 무척 좋아하셔서 공부 핑계를 대며 마구 먹어 대기만 하는 나를 탐탁지 않게 여겼다. 아빠는 내가 입시에서 벗어나는 순간만을 벼르고 있다. 잔소리를 하려다가도 꾹 참고 지켜보더니 수능 시험이 끝나자 더는 안 되겠다며 면접이 끝나면 내 살을 모조리 없애 겠다고 선언하셨다.

10대로 지내는 마지막날이고 다음 날 보는 면접 준비도 충실이 해야 하지만 집중이 잘 안 됐다. 면접을 지도해 주시는 선생님도 몇 번 질문 하더니 책상에 놓인 서류를 덮었다.

"야, 지친다."

한 해 동안 우리와 씨름한 선생님 얼굴에는 피곤함이 가득했다.

"우리, 아이스크림이나 먹을까?"

물론 대환영이었다.

"넌, 특별히 좋아하는 아이스크림 있어?"

면접 연습을 하며 수많은 질문을 받았지만, 이 질문보다 신나고 진실하고 충실한 답변을 할 수 있는 질문은 없었다. 나는 아주 신나게 입담을 풀어냈다.

＊ ＊ ＊

제가 가장 사랑하는 아이스크림은 빙빙바예요. 빙빙바에는 연유와 팥, 얼음이 들어 있는데 작은 팥빙수 아이크스림이라고 할 수 있죠. 팥빙수가 넘치지 않게 잘 섞은 뒤 동그랗고 길쭉한 틀에 팥빙수 섞은 걸 넣어서 얼려요. 팥빙수를 얼릴 때 위쪽 3㎝ 정도 빈 공간을 만들고 거

8

기에 연유를 살짝 채워 넣는 거죠. 모양은 비비빅과 엇비슷하지만 알찬 구성은 비비빅보다 훨씬 낮다고 평가할 만하죠. 팥 아이스크림인 비비빅도 맛볼 수 있고, 부드러운 연유도 맛볼 수 있고, 빙수도 맛볼 수 있는 일석삼조가 바로 빙빙바예요.

"빙빙바가 그렇게 매력 있는지는 몰랐네."

한번 맛보세요. 선생님도 앞으로 사랑하게 될 거예요.

"빙빙바 말고는 좋아하는 아이스크림 없어?"

아주 좋은 질문이세요. 이런 질문은 언제나 대환영이죠. 저는 아맛나도 좋아해요. 아맛나 드셔 보셨어요? 한 번도 안 드셔 보셨다니 안타깝네요. 아맛나는 서주아이스크림과 비슷한 느낌이에요. 서주아이스크림은 드셔 보셨죠? 아니라고요? 이런, 선생님은 아이스크림에 관한 한 완전히 아마추어네요. 앙꼬바는 아세요? 음~ 앙꼬바도 모르시다니……. 아무튼 아맛나는 흰 빛깔이 입맛을 먼저 끌어당겨요. 아맛나 안에는 팥이 처음부터 끝까지 다 들어 있는 게 아니에요. 윗부분만 살짝 들어 있어요. 조금은 얌체 같다고 판단할 수도 있지만, 다르게 보면 사람에게 다양한 선택지를 주는 거죠. 아맛나 안에는 살짝 녹은 듯한 팥이 있는데, 푸석푸석한 팥이 아니라 물기를 머금은 듯한 탱글탱글한 팥이에요. 액체로서 특징을 간직한 팥이 굳은 거라 같이 먹어도 맛있고, 따로따로 먹어도 맛있어요. 아, 먹고 싶다!

"팥 아이스크림 하면 비비빅이지."

맞아요. 비비빅! 저도 비비빅 참 좋아해요. 빙빙바나 아맛나 정도는 아니지만요.

"비비빅은 보통 아재들이 좋아하지 않아?"

그래서 저 보고 친구들이 아재 입맛이래요. 선생님도 아시겠지만 비비빅은 단순한 팥 아이스크림이 아니에요. 심심한 삶을 심심함으로 채워 주는 역설을 보이는 아이스크림이죠. 그건 마치 시와 같아요. 비비빅은 심심할 때 먹으면 딱 좋아요. 심심할 땐 심심한 맛을 먹어야 하거든요. 심심해서 뭐 먹을지 고민하는데 거창하게 인절미 통통 아이스크림을 먹고 있으면 굉장히 어색하죠. 끝부분부터 팥을 조금씩 맛보면서 느리게, 처음부터 끝까지 동일한 맛을 심심하게 즐기면, 다 먹은 뒤에도 그 여운이 진하게 남죠.

팥 하면 앙꼬바를 뺄 수 없죠. 앙꼬바는 크기가 아주 앙증맞아요. 위에서 보면 꽃 모양으로 생겨서 독특하고 맛도 좋은데, 아쉽게도 크기가 너무 작아요. 앙꼬바를 살 때는 정말 큰맘을 먹어야 해요. 왜냐하면 한 번 먹으면 3개는 기본으로 먹어야 할 만큼 크기가 작거든요. 아니, 어떻게 크기가 그렇게 작은지 모르겠어요. 옹색한 자린고비가 만든 아이스크림 같아요. 크기가 참 아쉽지만 만족감을 채우기에는 아주 좋은 아이스크림이죠. 제가 아맛나를 좋아하지만 때로는 조금 딱딱해서 살짝 거북할 때도 있어요. 처음에 윗부분을 씹을 때 이가 박혀서 안 뽑힐까 봐 걱정될 정도로 딱딱한데, 앙꼬바는 부드러운 결이 생생하게 살아 있어서 아주 좋죠. 팥이 아맛나보다 더 단맛이 나는데 아마 연유가 첨가된 듯해요. 작지만 소리 없이 강한, 작은 고추가 맵다는 속담을 되새기게 해 주는 표본, 먹으면 세 입이면 끝나는데 그 세 입에서 진한 여운을 남기는 아이스크림, 그게 바로 앙꼬바죠.

"그러니까 네가 좋아하는 아이스크림은 빙빙바, 아맛나, 비비빅, 앙꼬바 순이네. 전부 팥이 들어 있구나."

저는 팥이 든 아이스크림이 참 좋아요. 팥은 행복이고 사랑이죠. 팥을 싫어하는 애들이 간혹 있는데, 왜 그런지 이해할 수 없어요.

"그럼 오늘은 어떤 아이스크림으로 사 줄까?"

일단 빙빙바 2개는 확실히 정했는데…… 나머지 하나가 고민이네요.

"아이스크림을 3개나 사 달라는 말이니?"

아니, 선생님! 지금 아이스크림을 달랑 하나만 사 주려고 하셨어요? 사 주려면 기본으로 3개는 사 주셔야죠. 선생님은 고3의 위장이 얼마나 큰지 아직도 모르세요?

"아, 알았어. 빙빙바가 좋다고 해도 빙빙바는 한 개만 먹고 다른 아이스크림을 먹는 게 좋지 않아?"

빙빙바는 빙수에 비하면 얼음 양이 작아요. 바 아이스크림이라 작잖아요. 빙수를 먹는 느낌을 즐기고 싶은데, 하나만 먹으면 팥빙수를 먹었다는 느낌을 채울 수가 없죠. 그래서 2개 정도는 먹어 줘야 팥빙수를 먹었을 때와 느낌이 비슷해요. 하나로는 만족할 수가 없어요. 팥빙수한 그릇을 먹었을 때 찾아오는 만족감을 채우려면 3개는 먹어야 하지만, 그러려면 다양한 맛을 즐길 수 없으니까 아쉽지만 빙빙바는 2개만먹는 거죠.

"너, 설마 빙수 한 그릇을 혼자 다 먹니?"

하, 선생님! 설마 팥빙수를 시킬 때 가족이 한 그릇만 시켜서 나눠 드세요?

"당연히 한 그릇 시켜서 나눠 먹지."

어머, 상상할 수 없어요. 우리 집은 1인 1빙수예요.

"그게 다 들어가?"

빙수는 당연히 하나 사서 혼자 다 먹는 거죠.

"부담스럽지 않아?"

아니죠. 그 정도는 먹어야 먹었다 할 수 있죠.

저, 지금 눈물 날 것 같아요.

"왜?"

이것저것 다 먹고 싶어서, 마지막 아이스크림을 못 고르겠어요. ㅠ.ㅠ

"아직도 못 골랐어?"

네, 쉽지 않네요. 정말 고민이에요. 이런 고민, 행복하지만 가슴이 아파요.

"햐~ 너도 참 대단하다. 그나저나 콘 종류는 안 좋아해?"

아, 콘! 콘도 좋죠. 물론 콘은 끌릴 때만 먹지만요.

"나는 콘이 좋은데, 부드러워서."

콘은 제가 좋아하는 종류가 없어요. 콘은 초코, 딸기, 바닐라 등이 주를 이루는데 제 취향이 아니에요. 그나마 좋은 점은 양이 많다는 거죠. 바삭바삭한 과자도 먹을 수 있다는 장점이 있지만, 바로 그 점 때문에 콘을 그리 가까이 하지 않아요. 바삭한 과자를 먹으면 입이 약간 텁텁해지고, 그러면 물이나 탄산음료를 찾게 되죠. 아이스크림은 아이스크림 맛으로 만족스러워야 하는데, 그런 연쇄작용이 일어나면 아이스크림으로서는 많이 아쉬운 결과죠.

"순수하지 못하다 이건가?"

바로 그거죠! 이제 선생님도 아이스크림을 대하는 관점이 확장되셨네요.

빙빙바 2개에, 호두마루를 먹어 볼까…….

"호두마루 좋지. 너는 아무리 봐도 정말 아재 입맛이다."

호두마루가 참 매력이 있기는 한데, 하~~ 어쩌면 그렇게 계속 작아지죠?

"옛날에는 참 컸는데."

크다는 말로는 모자라요. 아, 정말 스트레스받네. 호두마루 맛을 제 심장이 느끼도록 하려면 통으로 먹는 수밖에 없어요.

"그럼 통으로 먹으면 되잖아."

사 주시려고요? 사 주시면 고맙지만 사양할래요. 호두마루를 통으로 먹으면 앞에 먹은 빙빙바 맛이 지워지잖아요. 그럼 안 되죠. 집에 가서 호두마루를 통으로 먹을까…….

"그게 좋겠네. 엄마한테 사 달라고 해."

엄마가 저를 안 좋게 생각할 거예요. 요즘 지나치게 많이 먹고 있거든요. 어제도 파스타에 레몬에이드를 먹고 난 뒤, 막창에 와플까지 먹어서……. 오늘도 애들이랑 어제 못지않게 먹을 계획인데, 거기에 호두마루 한 통까지 요구하면 엄마가 당연히 싫어하시죠. 내일이 면접인데 엄마랑 다투고 싶지는 않아요.

"그럼 뭐 호두마루는 포기해야지."

평소 같으면 그러겠지만, 다음 주부터 제가 다이어트를 시작하면 먹고 싶어도 참아야 한단 말이에요. 엄마와 아빠가 아주 작정을 하셔서 도망갈 구멍도 없고요.

"다음 주부터는 사육을 당하겠구나."

그래요. 저는 사육을 당하는 거죠. 샐러드만 먹어야 하고… 헬스장에 갇혀서 지내야 할지도 몰라요. 아, 진짜 호두마루 한 통 먹고 싶다.

선생님! 제가 왜 아이스크림을 3개나 먹으려는지 아시겠죠?

"그럴 만하네. 그런데 아직도 못 골랐냐? 네가 결정해야 사 주지."

호두마루로 결정했어요.

"빙빙바 둘에 호두마루 하나?"

네. 그렇게요.

"평소에도 그렇게 3개씩 먹어?"

집에서는 당연히 그렇게 먹었죠. 물론 엄마와 아빠는 아주 싫어하시지만요. 첫 아이스크림은 괜찮은데 두 개째 먹으면 엄마가 '또 먹니?' 하면서 눈총을 주시죠. 약간 주춤하기는 하지만 괜찮아요. 그 정도 눈총은 이겨 내야죠. 문제는 세 개째인데 아빠는 아주 강력한 감시자거

14

든요. 보통 첫 번째, 두 번째 아이스크림은 잇달아 먹고 세 번째 아이스크림은 시간을 두고 먹는데 그때 꼭 아빠가 매서운 감시 레이더를 작동시켜요. 걸리면 매서운 잔소리를 들어야 하기 때문에 조심해야 하는데, 저로서는 어쩔 수가 없어요. 딱 그때쯤이면 머리가 먹먹해져서 공부 효율이 떨어질 때거든요. 그때 뇌를 말랑말랑하게 해 주려면 아이스크림이 필수예요. 그러니 아주 교묘한 스텔스 기술(항공기나 유도탄 등을 제작할 때 레이더 전파를 흡수하는 것들을 사용하여 레이더에 의한 감지를 어렵게 하는 기술)을 발휘해서 아빠 레이더를 피해 아주 조심스럽게 냉장고로 접근해요. 거의 다 성공하는데 어쩌다 가끔 걸리면……. 뭐, 그땐 없는 애교라도 부려서 위기에서 벗어나죠.

"부모님은 아이스크림을 안 좋아하시나 보네."

에이, 무슨 소리세요. 좋아하는 아이스크림 종류가 다르지만, 두 분 모두 좋아하세요. 제가 아재 입맛 아이스크림을 좋아한다면 동생은 초코와 콘을 좋아해요. 동생 덕분에 제가 누가바를 먹게 됐죠. 누가바 하면 또 할 말이 있죠. 누가바는 갈수록 크기가 작아지는 것도 문제지만, 겉에 있는 초코가 부실해요. 초코가 단단하지 않거든요. 물론 초코가 부드러워서 그 부드러움이 주는 상큼함이 있어요. 그렇지만 잘못 씹게 되면 초코가 떨어져요. 우수수~~~ 굉장히 기분이 나빠요. 근데 초코가 떨어진 거를 못 보고 거기에 주저앉으면…… 옷이 망가지고, 그럼 빨래도 해야 하고, 잠옷에 떨어뜨리면 먹으면서 휴지도 꺼내야 되고, 그런 점이 아주 거슬리는데……. 그럼에도 동생이 사 온 아이스크림을 빼앗아 먹는 재미에 안 먹을 수는 없죠. 제 동생도 아이스크림을 사러 가면 기본 3개씩은 사 와요.

"동생도 너랑 같은 이유야?"

이야기는 안 해 봤지만 아마 여러 모로 닮았으니 비슷하겠죠. 걔는 저처럼 한 번에 다 먹지 않고 다음 날까지 미뤄요. 하나 정도는 꼭 남겨요. 그래서 제가 그걸 몰래 먹죠.

"동생은 남기면 뺏기는 걸 알면서도 왜 남기는 거야? 혹시 너를 위하는 거 아니야? 고3이라 고생하니까."

아, 전혀 그렇지 않아요. 동생은 철저히 자기 입맛을 챙겨요. 다만 머리가 나빠서 자꾸 까먹을 뿐이죠. 가끔 기억력이 비정상으로 작동해서 제가 몰래 먹은 걸 기억해 내기도 하는데 그러면 난리가 나요. 그렇게 되면 저는 '누나한테 그거 하나 못 주냐' 하고 뻔뻔하게 나가는데, 제가 아무리 간절하게 인정에 호소해도 동생은 들은 척도 안 해요. 눈이 뒤집힐 대로 뒤집혀서 가족 관계 따위는 상관을 안 해요. 몰인정한 놈! 그런 지경에 이르면 저도 '미안해' 하며 뒤로 물러서고, 다음 날 하나 사 주겠다고 약속해요. 어제도 제가 하나 몰래 먹었으니 오늘은 아무래도 집에 들어갈 때 보험으로 하나 사 가는 게 낫겠어요.

"엄마와 아빠는 뭘 좋아하셔?"

아빠는 앙꼬바를 좋아해요. 앙꼬바를 처음 접한 것도 아빠 덕분이었고요. 엄마는 아이스크림 전문점에서만 사 드세요. 아주 입이 고급이시죠. 그런데 황당하게도 제가 아이스크림을 여러 개 놓고 먹고 있으면

16

꼭 하나 달라고 하세요. 그게 무슨 날벼락인지 몰라요? 저는 계획이 있는데……. 그럴 때는 엄마지만 참 못마땅해요. 저는 음식을 먹을 때 항상 계획이 있어요. 이걸 먹고 난 다음 몇 분쯤 뒤에 저걸 먹겠다는 식으로 계획이 딱 서 있는데, 엄마는 가끔 제 계획을 무참히 짓밟으세요. 정말 왜 그러시는지 모르겠어요. 엄마가 전문점에서 파는 아이스크림 말고 유일하게 좋아하는 아이스크림은 붕어싸만코예요. 붕어빵도 무척 좋아하시고, 회도 즐겨 드시는데 아무래도 붕어 모양에 끌리나 봐요. 팥이 들어 있어서 저도 붕어싸만코 좋아해요.

"넌, 팥이 들어있는 아이스크림은 다 좋아하는구나."

아재 입맛이라고 했잖아요. 아, 국화빵도 꽤 좋아해요. 국화빵에 들어 있는 떡을 씹을 때 식감은 황홀하죠. 작지만 쫄깃쫄깃함이 너무 좋아요. 갈수록 떡 개수가 줄어드는 것 같아서 안타깝기는 하지만요.

"설마 아이스크림을 날마다 먹니?"

아니, 선생님! 당연한 거 아닌가요? 저는 어릴 때부터 동네 슈퍼 아저씨와 무척 친했어요. 학교 끝나고 집에 오는 길에 꼭 슈퍼에 들렀어요. 집에 갔다가 다시 나오면 얼마나 시간 낭비예요. 당장 먹고 싶지 않더라도 나중에 먹고 싶을 거다! 이게 선견지명이죠. 미래 예측이고. 그날 내가 어떻게 보낸다는 일정이 어느 정도 나오면 그에 맞춰 아이스크림 종류와 개수를 고르고 혹시 모를 사태에 대비해서도 아이스크림을 사죠. 물론 계획과 달라질 때도 있고, 막상 닥치면 다른 아이스크림이 끌릴 때도 있지만, 그래도 그냥 먹어요. 먹다 보면 맛없는 아이스크림은 없거든요.

"과자는 안 먹니?"

과자도 먹기는 하지만 아이스크림에 비할 수 없어요. 과자는 손에도 묻고, 먹다 보면 입천장도 까지고, 질리기도 하고요. 아이스크림은 종류를 정해서 같은 종류로 여러 개씩 사지만, 과자를 살 때는 늘 다른 종류로 한 번에 사요. 과자를 먹다가 질리면 테이프로 붙여 놨다가 다른 걸 먹어야 질리지 않죠. 그러다 살찌는 소리가 들리면 스트레스를 좀 받고, 그 스트레스를 해소하기 위해 또 아이스크림을 먹어요. 군것질에도 다 이렇게 먹는 격식이 있고, 철학이 있어요. 마구잡이로 먹는 건 하수죠.

"굉장한 철학처럼 들리는데. 아까 '칸트'(Immanuel Kant, 1724~1804)를 인용한 답변보다 훨씬 멋있었어."

맞아요. 철학이란 게 그렇게 특별한 게 아니에요. 이런 사물 하나에도 철학이 들어 있을 수 있고요. 음식에 철학이 없으면 안 되죠. 아이스크림 철학, 멋있잖아요.

"칸트가 널 보면 뭐라고 할까?"

실없는 소리 한다고 하겠죠. 칸트는 철저히 동기주의잖아요.

"네 기쁨을 위한 동기로 먹는 거잖아. 그러니 칸트도 인정해 주지 않을까?"

칸트는 그런 동기를 말하지 않았어요. 칸트는 자기 의무에 따른 동기만 중요시했던 사람이라…… 아, 어떻게 보면 아이스크림을 먹는 건

제 의무라고도 할 수 있겠네요.

"아이스크림을 먹어 주는 게 네 의무라고 한다면 정당하다고 판단할 수 있지."

그렇죠. 그렇지만 아무리 생각해도 칸트는 저를 좋게 보지는 않을 거라고 생각해요.

"하하, 그러면 공리주의자인 '벤담'(Jeremy Bentham, 1748~1832)은 널 좋아할까?"

벤담이요? 벤담은 뭐 좋아하겠죠. 그럴 거예요. 흠, 그런데 '밀'(J. S. Mill, 1806~1873)이 더 저를 공감해 줄 거 같아요.

"왜?"

공리주의에서 질적인 측면도 고려하는 게 밀이기 때문이죠. 아이스크림을 먹는 건 제 삶의 질을 극대화시키는 방법 가운데 하나잖아요. 그러니까 밀은 아무래도 제 편일 거예요. 다양한 미각을 자극하는 맛들이 제 행복을 일구니까, 밀은 제 취향을 아주 존중할 뿐 아니라 아주 옳은 행동이라고 지지하리라 믿어요. 물론 '아리스토텔레스'(Aristoteles, BC384~BC322)는 저를 비웃겠지만…….

"아리스토텔레스는 왜?"

아리스토텔레스 하면 중용이잖아요. 욕심을 버려라! 욕심, 욕심이 너무 많아서도 안 되고, 너무 없어서도 안 된다. 그 중간을 찾아라! 그게 중용인데요. 저는 조금 지나치니까요.

"정말 네가 지나치다고 생각해? 네 스스로는 중용을 찾았다고 생각하는 거 아니었어?"

그렇다고 말하고 싶지만, 저는 먹을 때 중용을 지키지 못해요. 먹을 때는 끝까지 가거든요. 제가 외식을 하면 '먹고 집에 갈 때 굴러서 가야겠다' 하고 늘 다짐해요. 물론 먹을 때는 제가 지나치게 먹는다는 생각은 전혀 안 해요. 먹을 때는 늘 오늘은 내가 꽤나 자제하면서 먹었다고 생각하죠. 그런데 가게에서 나오면서 신발을 신으려고 몸을 구부릴 때 늘 느껴요. '아빠가 나를 굴려 줘야 집에 갈 수 있겠는걸' 하고요. 단한 번도 그런 생각이 들지 않은 적이 없어요. 그러니까 제가 먹는 거는 결코 중용이 아니죠. 위가 엄청 크고, 많이 먹어요. 어휴~! 어쩌죠. 이제 살 빼야 하는데…….

"왜 또 갑자기 한숨이야?"

다음 주부터 다이어트할 걸 생각하니… 눈물이……. 제가 다이어트할 때는 독하게 해요. 제가 운동을 좋아해서 몸 쓰는 거 좋아하거든요. 탁구도 잘하고, 농구도 잘하고요. 저는 운동에 사활을 걸 거예요. 대학 합격하면 운동과 독서를 하면서 살아야죠. 후배들 찾아가서 상담도 해 주고, 친구들과 여행 계획도 세우고, 행복하겠네요. 합격한다면요……. 합격한다면 잠깐 동안 아이스크림은 포기할 수 있습니다. 문제는…… 에휴~~~~~.

"이 한숨은 깊이가 다른데?"

그럴 수밖에요. 아이스크림 말고 진짜 적이 있거든요.

"진짜 적?"

실은 적이라고 하면 안 돼요. 제 동반자이자, 제 영혼을 돌봐 주는 치유자니까요. 물론 다이어트에는 어쩔 수 없이 방해꾼이 되겠지만……

"그게 뭔데?"

바로, 그건~~

라면이에요.

"라면?"

그래요, 바로 라면~~~!

"라면이 왜?"

제가 아이스크림보다 좋아하는 먹거리가 딱 하나 있는데, 그게 바로 라면이에요. 라면이 없다면 제 인생도 없어요. 터놓고 말해서 라면이 제 다이어트의 가장 무서운 방해꾼이 될 거라는 확신이 들거든요.

"그 정도야?"

라면이 없었다면, 물론 아이스크림도 조금 힘이 되기는 했겠지만, 고등학교 생활 3년을 버티는 건 불가능했을 거예요. 아이스크림과 라면이 함께 힘을 합쳐 제 삶을 꿋꿋하게 지탱해 준 거죠. 진심으로 그 둘에 감사해요. 이 둘은 대한민국 고등학생들에게는 은혜로운 선물이에요, 선물!

"라면이 가장 큰 힘이 될 때가 언제야?"

시험 기간이죠. 기숙사에서 애들이랑 있다가 힘들면 누군가 '애들아! 라면 먹을래?' 한마디 하죠. 딱 그 말 한마디면 일제히 반응이 와요. 그러면 주저 없이 모두 함께 라면을 먹으러 교문 앞 매점으로 가죠. 가서 컵라면에 물을 부으면 탁, 탁, 탁, 공장처럼 일사분란하게 손동작들이 이루어지죠. 그 순간에는 말이 없어요. 말을 할 새가 없죠. 오직 라면에 온 감각을 집중시키거든요. 가장 소란스러울 때는 라면이 익어 가는 순간을 기다릴 때예요. 다들 잠시 후 맞이할 행복을 떠올리며 수다를 참지 못하죠. 그렇지만 저는 그 순간에 되도록 침묵을 택한답니다. 왜냐하면 까딱 잘못하면 수다에 빠져서 적절한 시간을 놓치고 라면이 퍼져 버릴 수 있기 때문이죠. 기다리는 시간에는 철두철미하게 오직 라면만 생각해야 해요. 다 익으면~ 호로록 짭짭~ 그 희열감을 표현할 낱말이 없네요. 그 어떤 표현을 골라도 그 순간에 맛보는 희열감을 훼손할 뿐이죠.

그 희열감이 힘겨운 시험 스트레스와 입시라는 부담감을 덜어 주었어요. 그 순간만큼은 완전히 자유가 돼요. 가장 중요한 것은 먹을 때 면이 끊기면 안 된다는 거예요. 면발 끝이 후루룩 춤을 추며 입안으로 빨려 들어올 때, 살아 움직이는 그 생동감을 느껴야죠. 끊으면 생동감을 제대로 느낄 수 없고, 기쁨은 면발과 함께 끊어지고 말아요. 그래서 컵라면은 안 되지만 봉지 라면을 끓일 때는 적절하게 면을 잘라 주는 게 필요하죠. 너무 많이 자르면 면발이 주는 생동감을 맛볼 수가 없으니까, 부스러지는 걸 최소화해서 딱 반으로 잘라야 해요.

"라면을 그렇게 좋아하니 학교 급식은 잘 안 먹겠네?"

에이, 선생님은 고3을 너무 얕잡아 보시네요. 밥은 밥이요, 라면은 라면입니다. 선생님도 아시겠지만 우리 학교 급식은 꽤 괜찮아요. 점심과 저녁은 급식을 먹고, 저녁에 공부를 하다 보면 배가 고파지죠. 9시쯤 되면 어쩔 수 없이 라면을 챙겨 먹을 수밖에 없답니다. 선생님도 아시지만 우리 학교가 이렇게 외진 곳에 있잖아요. 정문 앞 매점이라도 없으면 우리는 아마 다들 굶어 죽었을지도 몰라요. 상점이라고 해야 그것밖에 없잖아요.

"지나다니면서 늘 보기는 했지만 들어가 본 적은 한 번도 없는데."

아, 선생님. 그러시면 안 되죠. 꼭 들러 보세요. 그곳에 우리 학교 학생들을 지탱해 주는 희망과 에너지, 슬픔과 고난이 다 있다니까요. 1층에 매점이 있고 지하에는 라면을 먹을 수 있는 공간이 있어요. 2, 3, 4층에는 기숙사에는 못 들어오지만 집이 먼 친구들이 머무는 숙소가 있고요. 그 친구들 상황을 알려면 그곳에 꼭 가 봐야 해요. 꽤 많은 애들이 거기 사니까요. 그런데 환경은 그리 좋지 않아요. 씻는 곳도 열악하고, 거기서 어떻게 사나 걱정되더라고요. 창문도 제대로 안 달린 곳도 있고요. 여름에는 덥고 겨울에는 추워요. 빨리 기숙사를 확장해야 돼요.

"그런 사연이 있는지는 몰랐네."

오직 라면만 우리에게 위로가 되죠. 라면은 우리에게 든든한 친구이자 상담가면서 동지예요. 저, 혹시 선생님은 '라플리에'란 단어, 들어 보셨어요?

"아, 그, 라면 감별하는……."

TV에서도 나왔는데 조금 안타깝더라고요. 저는 겉모습 보고 바로 전부 알아냈는데……. 물론 TV니까 어렵게 맞추는 척할 수도 있지만, 저라면 단 1초도 머뭇거리지 않고 정확히 라면 종류를 감별해 냈을 거예요. 저는 라면 감별을 아주 잘해요. 외관으로도 라면을 다 구분할 수 있어요. 먹고 나서 구분하는 사람은 하수죠. 겉으로만 봐도 미묘한 차이들이 있어요. 면을 만들어 내는 방법에 따라서 겉모습도 다르고 꼬들꼬들한 정도가 모두 달라요.

"너구리는 확실히 티가 나."

너구리야 전문가가 아니어도 다 알 수 있죠. 완전히 오동통하게 뽑아 냈기 때문에 구분하기 쉽죠. 너구리뿐 아니라 다른 라면도 다 특징이 있어요. 어떻게 튀겼느냐에 따라 다르고, 얼마나 뭉쳐있느냐에 따라서도 달라요. 딱 보기만 해도 뭐가 안성탕면인지, 뭐가 삼양라면인지, 안에 건더기가 어떻게 구성되었는지 다 보인단 말이에요.

"대단하다!"

아무래도 조금 있다가 라면 먹으러 다녀와야겠어요.

"오전에 라면 먹지 않았어? 점심도 먹었고, 그런데 오후에 또 라면을 먹어?"

점심은 점심, 라면은 라면! 달라요.

24

"다이어트, 쉽지 않겠다."

하루에 한 개만 먹으면 괜찮아요.

"아니, 라면을 몇 개나 먹기에?"

보통 한 번에 2개 정도는 거뜬히 먹어요.

"2개가 가벼운 거야?"

그럼요. 2개는 아주 가볍게 먹는 수준이죠. 무겁게 먹으려면 2개로는 턱도 없어요. 보통 친구들과 먹을 때는 라면 종류를 다양하게 해요. 제가 신라면을 먹으면 한 친구는 불닭볶음면을 먹고, 다른 친구는 진라면을 먹는 식이죠. 그렇게 하면 한 번에 여러 가지 라면을 모두 맛볼 수 있고, 비로소 라면을 제대로 먹었다 내세울 만하죠.

"학교 앞 매점에서 먹는다면……, 주로 컵라면을 많이 먹겠네?"

저는 봉지 라면보다 컵라면이 더 좋아요. 끓이는 과정을 그리 좋아하지 않아요. 봉지 라면을 끓일 때는 물을 조금이라도 잘못 맞추거나 작은 실수라도 하면 제 입맛에 어긋나거나, 제가 기대한 맛이 나오지 않거든요. 저는 꼬들꼬들한 라면을 아주 좋아하는데, 컵라면은 수면 위로 살짝 떠오른 윗부분이 아주 꼬들꼬들해요. 과자에서 유연한 면발로 변하는 과정을 보여 주는 맛이죠. 아래는 더 풀어진 상태인데, 그 둘이 만들어 내는 조화가 기가 막혀요. 컵라면은 물을 팔팔 끓여서 정해진 양만큼 붓고, 정해진 시간만 지키면 항상 제가 기대한 대로 맛이 나오는데, 봉지 라면은 그렇지 않거든요. 이해하시겠어요?

"나는 그 변화 가능성, 예측 불가능성이 좋은데."

아니죠. 맛은 항상 기대한 대로 나와야 해요. 실망은 저 같은 고3 수험생에게는 아주 치명타예요. 봉지 라면은 엄마가 아주 잘 끓이세요. 제가 좋아하는 맛을 정확히 아시죠. 라면은 스프가 있기 때문에 물이 더 뜨거워져요. 그건 과학 원리라 잘 아시죠? 안에 스프가 들어가면 촉매제로 작용해서 더 뜨거워지니까 온도 맞추기가 쉽지 않아요. 정확히, 적당히 꼬들꼬들할 때 불을 꺼야 돼요. 제가 라면을 다 먹는 시간이 한 5분 정도 되는데 5분 동안 먹다 보면 열기 때문에 라면이 더 풀어진단 말이에요. 저는 물렁물렁한 식감은 아주 질색이거든요. 씹었을 때 하나하나가 씹히는 그 맛이 좋아요.

"나는 부드러운 맛이 좋은데."

취향 차이죠.

"매운맛도 좋아해?"

아주 좋아하죠. 매운맛이야말로 삶에 활력을 채워 주는 에너지거든요. 저는 매운맛을 원할 때는 틈새라면을 찾아요.

"틈새라면이 뭐야?"

아, 정말, 선생님도 틈새라면을 모르시다니……. 틈새라면을 모르는 사람이 너무 많아 안타깝네요. 틈새라면은 팔도에서 나온 건데 매운맛이 끝내주죠. 불닭볶음면은 국물이 없으니까 얼큰하게 매운 게 아니라 강하고 고통스럽게 매워요. 불닭볶음면이 통각을 자극하며 쏘는 맛이라면, 틈새라면은 국물까지 있어서 뜨겁게 자극하면서도 매운 열기가 입안을 감싸 주죠. 틈새라면을 먹고 나면 독감 걸렸을 때처럼 열기가 치솟고 독소가 확 빠져나가는 느낌이 드는데, 그래서 제가 엄청 스트레스받는 날은 꼭 틈새라면을 먹어요. 틈새라면이 강하기 때문에 중화시켜 주려면 달걀을 넣어 주는 게 좋아요. 흰자가 살짝 풀어지면서 고소함이 추가되고, 그로 인해 매운맛도 중화가 되거든요. 한 번은 제가 실수로 달걀을 안 넣고 먹다가 골로 갈 뻔했어요.

"매운 음식 잘못 먹으면 된통 고생하지."

맞아요. 전에 스트레스를 독하게 받았을 때, 전전날 불닭볶음면을 먹고, 전날은 매운 월남쌀국수 먹고, 마지막날 틈새라면을 달걀도 안 풀어서 먹었는데……, 위염에 제대로 걸렸죠. 3일 잇달아 매운맛을 먹었더니 아무리 튼튼한 제 위도 견디지 못하더라고요. 틈새라면을 끓일 때는 스프도 적당량을 넣어야 하는데 제가 자만했죠. 나는 이쯤은 견딜 수 있다고! 스트레스가 터지기 직전이라 아주 매운맛을 맛보고 싶은 욕심에 그냥 스프도 다 넣었는데……, 아주 끔찍한 경험이었어요.

매운맛에 제대로 중독이 되면 그 매력에서 빠져나올 수가 없어요. 제가 틈새라면을 사흘 내리 먹으면서 중독이 됐는데, 첫날은 굉장히 고통스러웠죠. 다음 날은 어 뭐야, 괜찮네. 그다음 날은 신라면을 먹는 느낌이더라고요. 신라면에 辛(매울 신)을 왜 쓰는지 저는 잘 모르겠어요. 신라면은 얼큰한 거죠. 辛 자는 빼야 한다고 봐요.

"라면 가운데 틈새라면을 가장 좋아하는 거야?"

그렇지는 않아요. 봉지 라면 가운데 진라면 매운맛을 가장 좋아해요. 순한 맛보다는 확실히 매운맛이 진라면에 어울려요. 컵라면에서 뽑

자면… 솔직히 컵라면은 안 좋아하는 게 없기는 한데, 그나마 힘들게 선발을 하자면…… 김치왕뚜껑이 가장 좋아요. 새콤하거든요. 그런데 갈수록 김치 양이 줄어들어서 마음이 아파요.

"김치를 따로 더 넣으면 되잖아."

이미 들어 있는 김치랑 따로 더 넣은 김치랑은 맛이 달라요.

"나는 봉지 라면을 끓여서 김치랑 먹을 때가 가장 좋은데."

그것도 참 좋죠. 아무튼 전 컵라면이 좋아요. 그리고 직접 끓여서 먹을 때 맛있는 라면이 있고, 컵라면으로 먹을 때 맛있는 라면이 있어요. 컵라면은 면이 얇고 봉지 라면은 면이 더 두꺼운데, 두꺼운 면에 어울리는 스프가 있고 얇은 면에 어울리는 스프가 있죠. 그래서 봉지로 먹어야 하는 라면과 컵으로 먹어야 하는 라면이 달라요. 예를 들어 육개장은 컵라면이 봉지 라면보다 확실히 맛있어요. 봉지 라면 육개장은 조금 아쉬운 맛이고, 김치사발면과 진짬뽕은 컵라면이 더 어울려요. 너구리는 컵라면으로 먹을 때 가장 아쉬워요. 너구리는 확실히 봉지 라면이죠.

"나는 라면에 달걀을 꼭 넣어서 먹는데, 컵라면에는 달걀을 못 넣잖아. 그래서 봉지 라면이 더 좋아. 특히 달걀은 젓가락으로 휘휘 풀어서 끓이는데, 달걀과 국물이 한몸이 되어 빚어낸 맛이 일품이지."

선생님! 왜 달걀을 풀어서 넣죠? 통째로 넣고, 익힌 뒤에 탁 터트리는 그 맛을 모르세요? 자, 보세요. 달걀을 어느 순간에 넣느냐면, 냄비와 접촉면에서 물이 보글보글 끓어오르는 순간이 있죠. 딱 그때 한복

판에 달걀을 통으로 넣어요. 그러고 2분 정도 있다가 불을 꺼요. 그럼 면발은 꼬들꼬들함을 지키고, 달걀 흰자는 익고, 노른자는 살짝만 익은 상태가 되죠. 면발을 젓가락으로 집어 들면 광고에서 보는 본새 나는 면발과 비슷해요. 음식은 입이 아니라 눈으로 먼저 먹는다는 말 들어 보셨죠? 눈이 맛을 먼저 느끼거든요. 광고가 괜히 그런 모양으로 나오는 게 아니에요.

아무튼 라면을 앞 접시에 담습니다. 그다음에 노른자를 숟가락으로 떠서 라면 위에 올려놓습니다. 그러면 노른자가 라면에 스며들면서 부드러움이 극대화되죠. 마치 일본식 규동을 먹는 듯해요. 하~~~ 라면! 고소하면서도 스프가 만들어 낸 MSG 맛을 함께 느낄 수 있죠. 전 MSG 맛을 아주 좋아해요. MSG를 싫다고 하는 사람들이 있는데 도대체 영문을 모르겠어요. MSG는 사람들이 바라는 맛을 깔끔하게 만들어 주잖아요. 그럼 된 거 아닌가요? 노른자와 꼬들꼬들한 면을 함께 즐긴 다음에는 흰자를 떠서 면과 같이 먹으면, 노른자가 만들어 놓은 부드러움과 흰자가 주는 촉촉함이 어울리면서 환희에 찬 맛을 만들어 내죠. 그러니 달걀은 절대 풀면 안 돼요.

"네 말을 들으니 라면에 달걀을 풀었던 내가 큰 실수를 저지른 듯하네."

그럼요! 큰 실수죠. 라면 맛을 제대로 살리지 못한 채 먹는 건 라면에 대한 모독이자, 라면을 만드신 분들에 대한 결례예요.

"우리 라면 박사님, 이래서 다이어트가 되겠어?"

악착같이 다이어트해서 살을 꼭 빼고 말 거예요.

"그러길 빈다. 작년에 네 선배가 마지막 면접 끝나고 다이어트에 들어갔는데, 나중에 졸업식 때쯤 보니까 문에서 차지하는 공간이 달라진 거야. 전에는 문이 꽉 차 보였는데 다이어트가 끝나고 보니 휑하니 바람이 불어 들어오더라니까. 몸 윤곽이 달라져서 다른 사람인 줄 알았어. 1학년 때보다 3학년이 되고 16kg쯤 쪘는데 거의 다 뺐대. 대학교 가기 전에 3년 동안 부풀어 오른 살을 못 빼면 그 살을 그대로 안고 살아야 한다면서 독하게 다이어트했다고 하더라."

아빠도 똑같은 말씀을 하셨어요. 대학 가면 먹고 놀 기회가 많아서 살이 고등학교 때보다 더 찐다고. 휴~ 아빠가 살이 안 찌는 체질이라서 저도 살이 안 찔 줄 알았는데……. 중학교 때까지는 정말 안 쪘거든요. 그런데 고등학생이 되고는 막 불어나는 거 있죠. 생활기록부에 있는 사진, 그게 입학할 때 사진이에요. 저 안 같죠? 에효, 그때 모습으로 꼭 돌아갈 거예요. 제가 그 선배보다 더 날씬해져서 올 테니까 기대하세요.

"이런, 라면과 아이스크림 이야기만 했는데 벌써 40분이 넘었네. 라면과 아이스크림으로 면접을 보면 넌 그 어떤 대학에도 다 붙을 수 있을 텐데."

당연히 바로 합격이죠. 라면과 아이스크림에 관련해서라면 전 정말 할 말이 많아요. 교수님 붙잡고 한 시간 넘게 떠들고 나올 수도 있어요.

"라면과 아이스크림을 같이 즐긴 적은 없니?"

선생님~~~! 라면과 아이스크림처럼 본새 나는 궁합은 없다는 걸 모르세요? 그 둘은 떼려야 뗄 수 없는 사이랍니다. 라면을 먹고 나면 바로 아이스크림이죠. 라면을 먹으면 속이 얼큰해지잖아요. 그 속을 가라앉혀 주어야 공부를 제대로 할 수가 있어요. 매점에서 라면을 먹고 1층으로 올라오면 바로 아이스크림을 하나씩 먹어 주죠. 그렇게 해야 다시 공부할 에너지가 생겨요.

"라면 종류에 따라 어울리는 아이스크림이 있나?"

그게 완전히 밀접한 관계는 아닌데 살짝 연관은 있어요. 어떤 라면을 먹느냐에 따라 끌리는 아이스크림이 조금은 달라져요. 엄청 매운라면을 먹으면 약간 시고, 청량한 탱귤탱귤이나 모히또바를 먹으면 좋죠. 바닐라 아이스크림보다 탱귤탱귤이 신맛이 더해져서 더 차갑게 느껴지거든요. 그게 진짜인지 아닌지는 모르지만 저는 그렇게 느껴요. 그래서 매울 때는 신맛이 더해진 아이스크림이 끌려요. 일반 라면을 먹고 난 뒤에는 아맛나가 참 잘 어울리는데 학교 앞 매점에서는 아맛나를 잘 안 팔아서 초코퍼지나 옥동자를 먹어요.

"네가 옥동자를 알아?"

아니, 어떻게 옥동자를 모를 수 있죠? 옥동자는 정말 베스트셀러예요. 옥동자는 겉에 바닐라 아이스크림, 그 안에 얼린 초코, 또 그 안에 쿠앤크가 있거든요. 바닐라와 초코와 쿠앤크를 한꺼번에 맛볼 수 있는 풍성함이 아주 만족스러워요. 그 풍성함과 다양함을 안 좋아할 수가 없어요. 쿠앤크는 제가 '배라'(배스킨라빈스31) 가도 꼭 먹죠.

"배라 아이스크림도 좋아하나 봐?"

그럼요. 전 아이스크림이라면 모두 사랑한답니다.

"배라에서 특별히 좋아하는 아이스크림이 있어?"

지금 딱 떠오르는 아이스크림은 아몬드봉봉인데… 아몬드봉봉이 가장 좋은 아이스크림은 아니고…… . 머리에서 수십 가지 아이스크림이 아우성을 치네요. 정말 고르기 어렵다. 수능보다 더 어렵네요.

"에이 어떻게 수능보다 더 어렵냐?"

당연히 수능보다 어렵죠. 아, 생각났어요. 요즘 기억력이 많이 퇴화했나 봐요. 제가 가장 사랑하는 배라 아이스크림은 '사랑에 빠진 딸기'예요.

"사랑에 빠진 딸기? 그런 게 있어?"

딸기 시럽이 들어가 있으면서 새콤달콤한 맛을 내고, 치즈 케이크가 느끼하면서도 달콤한 맛을 내는데, 기본이 되는 맛은 바닐라 맛이에요. 이 셋이 완벽하게 균형을 이루어서 아주 깔끔하죠. 저는 배라에 가면 절대 콘으로는 안 먹고 항상 컵으로만 먹어요. 싱글 컵을 먹을 때는 항상 사랑에 빠진 딸기를 선택하죠. 먹었는데 과한 느낌이 나지 않는 아이스크림으로는 최고죠. 딱 하나만 먹어야 하는데 더 먹고 싶으면 곤란하거든요. 사랑에 빠진 딸기 다음으로는 녹차나 바닐라도 괜찮고, 피스타치오도 좋아해요.

"나는 피스타치오는 살짝 거슬리던데."

그런 사람 종종 봐요. 피스타치오는 아무래도 호불호가 조금 갈려요. 사실 저는 안 좋아하는 아이스크림이 없어서 싫어하는 사람 마음을 잘 모르겠지만…….

"크크크! 어련하겠어. 참, 일본식 라면은 안 좋아해?"

왜 안 좋아하겠어요? 일본식 라면은 잘 못하는 곳에 가면 돼지 비린내가 많이 나요. 육수를 얼마나 잘 끓였느냐에 따라 맛이 달라지거든요. 풍미가 달라지죠. 진짜 전문점에 가서 먹어야 해요. 전문 요리사가 제대로 끓인 집에 가야지, 대충 차림표에 끼워 넣은 가게에 가서 먹으면 실망하기 쉽죠.

"혹시 일본식 라면을 잘하는 집은 알아?"

라면을 사랑하는 사람으로서 일본식 라면을 잘하는 맛집 정도는 꿰고 있어야죠.

"컵라면과 일본식 라면 가운데 선택한다면……?"

저는 무조건 컵라면입니다. 제 컵라면 사랑은 측정 불가능이에요.

"기숙사에서도 많이 먹었지?"

당연히 밤이나 새벽에 몰래 먹을 때가 많죠. 기숙사에 가면 정수기에서 뜨거운 물이 나와요. 그걸 보온병에 미리 담아 둬요. 기숙사 소등을 하면 사감 선생님께서 15분쯤 후에 주무세요. 제 방이 사감실 바로 앞쪽이라 선생님이 언제 주무시는지 아주 잘 알죠. 사감 선생님이 15분 정도 뒤척이다가 잠이 드시면 그때 조심스럽게 움직이죠. 컵라면을 준비하고, 냄새 나지 않게 문을 미리 열어 두고요. 먹을 때는 아주 조용하게 국물까지 깨끗하게 먹고 쓰레기는 검은 봉지 2개로 꽁꽁 묶어서

밀봉하죠. 밀봉한 봉지는 사물함 안에 넣어 뒀다가 아침에 가방 안에 담아 학교에 가서 버리는 거죠.

"어느 학교나 비슷하네."

가끔은 화장실 창문으로 배달 음식을 시켜서 먹기도 해요. 화장실에 철창이 뜯겨져 나간 창문이 하나 있거든요.

"그거, 규정 위반 아니냐? 그런 얘기 나한테 솔직하게 해도 되는 거야?"

에이, 선생님은 말 안 하실 거잖아요. 믿으니까.

"믿는 도끼에 발등 찍힌다."

뭐, 후배들에게 못된 선생님으로 찍히고 싶으시면 그리 하세요.

"이런, 협박이군! 나야 늘 좋은 선생님이고 싶지."

농담이에요. 선생님은 후배들도 참 좋아해요.

"고맙네."

지낼 때는 참 힘들었는데, 이제 보니 그 힘겨움도 다 추억이네요.

"너답지 않게 웬 감동 어린 분위기?"

에이, 선생님! 저도 감동을 아는 사람이에요.

"라면이나 아이스크림과 관련해서 특별한 이야기는 없어? 막 눈물 나게 감동 어린……."

저는 언제나 먹으면 감동이죠. 뭐 굳이 떠올리자면…… 전에 학원에서 어떤 애가 너무 불행해 보여서 라면을 사 준 적이 있었어요. 그때 제가 라면 하나, 아이스크림 2개를 살 돈이 딱 있었거든요. 사 먹을 라면 종류와 뒤에 이어서 먹을 아이스크림을 정확히 정해 두고 막 실행하려는데 같은 학원에 다니는 어떤 후배가 너무 슬픈 표정으로 지나가는 거예요. 울지는 않았는데 얼굴이 마치 저승사자에게 붙잡힌 영혼 같았죠. 여느 때 같으면 오직 제 행복을 위해 라면과 아이스크림을 사 먹었겠지만, 그때는 불행해 보이는 후배를 위해 제 욕망을 참았죠. 그래서 그 후배에게 라면을 사 줬어요.

컵라면을 사서 편의점 앞 의자에 앉아 막 먹으려는데 그 후배가 라면을 한 젓가락 먹더니 펑펑 우는 거예요. 펑펑 울다가 라면을 먹고, 펑펑 울다가 다시 라면을 먹고……. 사정을 모르기에 당황했지만 어르고 다독여 주었는데, 안타깝게도 제가 먹던 라면이 퍼져 버렸어요. 퍼진 라면은 저에게는 슬픔이죠. 그러다 보니 저도 같이 슬퍼졌어요. 물론 꿋꿋하게 다 먹었죠. 그 후배는 울면서도 라면을 다 먹었고요.

라면은 퍼지고 아이스크림도 못 먹었지만, 라면을 다 먹고 난 뒤에 그 후배가 환한 웃음을 지으며 가는 모습을 보았는데 그걸로 전 행복했어요.

"넌 먹다가 감동받아서 운 적은 없겠구나."

당연히 그렇죠. 라면을 먹다가 왜 울어요. 라면은 행복인걸요. 물론 매워서 눈물이 찔끔 나온 적은 있지만요.

"어휴, 시간이 벌써 이렇게 됐네. 약속한 대로 라면과 아이스크림을 사 줄 테니 나가자."

수다가 끝나고 선생님은 학교 앞 가게에서 라면과 아이스크림을 내가 원하는 만큼 사 주셨다. 라면을 즐겁게 먹고, 아이스크림 3개를 사서 2개는 그 자리에서 먹고 하나는 학교로 걸어오며 먹었다. 10대 청소년으로 학교에서 먹는 마지막 라면과 아이스크림이었다. 그 맛을 영원히 기억하기 위해 혀끝에 감각을 집중시키며 돌아오는데 가슴 한편이 아련했다.

내 10대 인생이 이렇게 끝나간다.

왜 라면에서 정직한 맛이 날까?

임채린(중2 여학생)

뚜껑을 열자 스프 향을 머금은 수증기가 몽글몽글 피어올랐다. 다 랑논처럼 꼬불꼬불한 면발이 촉촉함과 탱탱함을 뽐내며 어서 먹어 달라고 재촉했다. 허기보다 허탈함에 찌든 속이 아우성치며 젓가락을 쥔 손에게 빨리 움직이라고 명령을 내렸다. 급한 속내를 애써 가리며 여유로운 척 가식을 떨면서 젓가락으로 라면을 잡았다. 면발을 잡자 참을성이 한계에 달했다. 여유로운 척하던 가식을 벗어던진 젓가락은 초음속으로 면발을 입으로 이동시켰다. 탱탱한 면발이 입술 사이로 꼬물거리며 빨려 들어오고, 라면이 주는 만족감이 입술 사이에서 온몸으로 찰나에 퍼져 나갔다. 만족감이 가득 차오른 그 순간, 갑자기 눈물이 났다. 내 몸을 이루는 모든 습기가 눈물이 되어 쏟아졌다.

"너, 괜찮니?"

라면을 사 준 학원 언니가 걱정스럽게 물었다.

괴로움 때문이었지만, 입안 가득한 라면 때문에 흐르는 눈물이라고 스스로에게 핑계를 대며 대답 대신 고개만 끄덕였다. 눈물은 계속 나왔지만 나는 그럴수록 라면을 더 빨리 먹었다. 입에 조금이라도 빈 공간이 생기면 울음소리가 새어 나올지도 모른다는 걱정에 나는 작은 틈도 만들지 않으려고 끊임없이 라면을 입안으로 밀어 넣었다.

"그러다 체하겠다. 천천히 먹어."

학원 언니가 내 등을 토닥였다.

나도 속이 답답해짐을 느꼈다. 지나치게 빨리 먹고 있었다. 체할지도 모른다는 걱정이 들었지만 빠르게 먹기를 멈출 수가 없었다. 블랙홀보다 무서운 힘으로 나를 끌어당기는 허탈함에서 도망치지 않으면 내 모든 존재가 그대로 무너져 버릴지도 모른다는 두려움이 라면을 허겁지겁 먹게 만들었다. 놀랍게도 라면은 신비로운 힘으로 내 허전함을 채워 주었다. 나는 못났고 라면은 훌륭했다. 라면은 내게 과분한 음식이었다.

내가 왜 이런 사람이 됐을까? 내가 왜 이렇게 못난 사람이 됐을까? 나는 왜 컵라면 하나만도 못한 사람으로 추락해 버린 것일까?

＊ ＊ ＊

나는 어릴 때 울보였다. 남들 앞에서 울면 얼마나 지지리 못나 보이는지 나이가 들면서 알게 되었고, 그때부터 울지 않았다. 물론 나이가 들면서 울 만한 상황도 거의 생기지 않았다. 아무튼 어릴 때 나는 어찌나 심한 울보였는지 어쩌다 울음이 터지면 다 큰 어른들이 여러 명 달라붙어도 어쩌지 못했다. 내가 울면 선생님들은 기겁을 했고, 엄마도 어찌할 바를 몰랐다.

내가 울보로서 최고 정점을 찍은 것은 초등학교 2학년 때였다. 아침을 제대로 먹지 못해 오전 내내 배가 고팠는데, 과제마저 늦게 마무리하는 바람에 점심시간에 늦은 어느 날이었다. 배고픔이 일정 수준을 넘어가니 고통스럽기까지 했다. 과제를 마무리하자마자 냅다 급식실로 뛰었다. 운동회에서 달리기를 한다면 가볍게 1등을 차지할 만한 빠르기였다. 급식실 문을 통과한 뒤에도 내 달리기 속도는 줄어들지 않았다. 내 눈에는 오직 배식대만 보였다. 기다리는 애들도 없었기에 나는 브레이크를 밟지 않은 경주용 차처럼 배식대로 돌진했다.

콰르릉~~~!

온 세상이 암흑으로 변하더니 어둠을 가르며 불꽃이 일었다. 한밤중에 천둥번개가 치는 풍경을 본 적이 있는데 그때 보던 풍경과 엇비슷했다. 천둥번개가 지나가자 쇠들이 와장창 떨어지는 소리가 들렸다. 뭐라고 사람들이 놀라서 내지르는 소리가 들렸지만 무슨 말인지 알아들을 수는 없었다. 발걸음을 내딛으려고 하는데 발이 질질 끌렸다. 그제야 내가 넘어져서 엉덩방아를 찧은 걸 알아차렸다. 몸을 추슬러서 일어나려는데 눈 위가 화끈거리더니 강렬한 통증이 몰려왔다. 아프다고 말도 못할 만큼 아팠다. 통증과 더불어 새까매진 세상에 다시 빛이 돌아오고 무슨 일이 벌어졌는지 헤아렸다. 배식대로 뛰어가다 식판을 들고 나오는 아주머니와 부딪쳤는데, 부딪치자마자 나는 뒤로 넘어졌고 식판이 급식실 바닥으로 떨어진 것이었다.

울고 싶었는데 울음이 나오지 않았다. 정말 아프니 울음보다 고통이 먼저였고, 고통이 지독하니 울 틈이 없었다. 온몸을 쥐어짜던 배고픔도 사라져 버렸다. 영양사 선생님이 나를 데리고 보건실로 갔다. 보건 선생님은 나를 보자마자 화들짝 놀라며 병원에 가야 한다고 말씀하셨다. 보건 선생님은 응급처치를 하더니 나를 차에 태웠고, 병원으로 가면서 엄마에게 전화도 걸었다. 병원에 갔는데 마취를 하고 꿰매야 한다는 말을 들었다. 평소에는 주사 맞을 때마다 아프다고 난리를 피우는 나였지만 아무런 표현도 하지 않았다. 정말 괜찮았기 때문에 가만히 있었던 것은 아니다. 그때까지 내가 겪었던 고통을 넘어선 고통이었기에 뭘 어떻게 표현해야 할지 갈피를 잡지 못하고 있을 따름이었다.

멍하니 간호사와 의사 선생님들의 행동을 지켜보고 있는데 엄마가 나타났다. 엄마는 내 이마에 난 상처를 살펴보며 나를 달랬는데 나는 아무 말도 않고 멍하니 있었다. 조금 뒤 하얀 옷을 입은 의사 선생님이 마취 주사를 들고 나타났다. 그때 갑자기 울음이 터졌다. 아프다고 발버둥을 쳤다. 엄마가 달랬지만 나는 막무가내였다. 내 주변에 점점 많은 간호사와 의사 선생님들이 모여들었지만 발버둥치는 나를 어쩌지 못했다. 나는 말 그대로 지랄 발광을 했다. 나는 그동안 쌓아 온 과장된 아픔의 표현 능력을 최대치로 발휘했고, 그런 나를 아무도 말리지 못했다. 한참 몸부림을 치는데 덩치가 엄청나게 큰 아저씨가 나타났다. 덩치 큰 아저씨는 내 팔을 잡더니 몸으로 나를 눌러 버렸다. 나는 소리를 질렀지만 몸은 꼼짝도 할 수 없었다. 내가 꼼짝을 못하자 옆에 있던 간호사 선생님이 내 몸을 묶더니 팔과 다리도 묶었다. 심지어 머리도 묶어 버렸다. 나는 엉엉 울면서 소리를 질렀지만 입과 눈, 손가락과 발가락 말고는 어떤 신체기관도 내 뜻대로 움직일 수가 없었다. 곧이어 마취 주사를 맞았고, 내 몸부림은 끝났다.

생각해 보면 내가 겪은 아픔에 견줘 과도한 몸부림이었다. 그 정도로 아프지 않았고, 주사와 수술이 그 정도로 두렵지도 않았다. 내 아픔과 두려움에 견줘 한 열 배, 스무 배쯤 과도한 표현을 했다. 그동안 줄곧 과장되게 표현해 오던 습관이 진짜 고통과 두려움을 만나자 폭발해 버린 것이다.

병원에서 십여 명이 넘는 어른들이 어쩌지 못할 만큼 울고불고 난리를 치는 나였지만, 처음부터 울보는 아니었다. 아주 어릴 때는 웬만큼 아프지 않으면 아픈 척도 안 할 만큼 심지가 굳세고 단단했다. 내 기억이 정확한지는 모르겠지만 유치원에 들어가기 전까지 나는 거의 운 적이 없다. 주사도 씩씩하게 맞았고, 넘어져도 울지 않았으며, 피가 나도 아무렇지 않게 엄마에게 다친 곳을 보여 줄 만큼 심지가 굳센 아이였다. 독감에 걸려도 아프다고 하지 않아 엄마가 제발 아프면 아프다고 말하라고 부탁할 정도였다. 그러던 내가 유치원에 다니면서 울보가 되고 말았다.

유치원에서 나는 가장 손이 안 가는 아이였다. 말썽도 안 부리고, 울지도 않고, 아파도 티를 내지 않으니 당연히 유치원 선생님들이 나를 돌볼 때 아주 편했다. 나는 어느 누구보다 착한 아이였고 사랑받을 만한 자격을 갖추었다. 그런데 현실은 정반대였다. 유치원 선생님들은 착한 아이보다 많이 울고, 아프고, 말썽부리는 애들에게 더 많은 관심을 쏟았다. 이제 와 생각해 보면 선생님으로서 당연한 행동이었지만, 그당시 나는 그렇게 생각하지 않았다. 착하면 더 사랑받을 줄 알았던 나는 그런 선생님들의 태도가 무척 실망스러웠다.

한번은 어떤 애와 유치원 앞마당에서 같이 놀다가 둘이 같이 다치는 일이 있었다. 둘이 함께 넘어졌고 둘 다 무릎이 까졌다. 나는 아파도 꾹 참았지만, 같이 다친 애는 울고불고 난리를 피웠다. 유치원 선생님은 내가 울지 않으니 나는 대충 살피고, 우는 애에게만 매달렸다. 나도 아팠지만 참고 있는데 아무도 내게 관심을 주지 않았다. 약을 바르고 난 뒤에 나는 아무렇지 않게 놀았지만, 같이 다친 애는 유치원 활동이 끝날 때까지 선생님이 꼭 안고 보살펴 주었다. 나는 밖에서 놀면서 그 애를 계속 주시했다. 살뜰한 보살핌을 받는 그 애가 무척 부러웠다. 그렇지만 그 애처럼 하기는 싫었다. 그 정도 다쳤다고 울고불고 난리를 피우는 꼴이 몹시 거슬렸다. 부러웠지만 울보 짓은 하기 싫었다.

그러다 여섯 살 때, 내가 마음을 고쳐먹을 수밖에 없는 사건이 일어났다. 사건이라고 하지만 큰일은 아니었다. 꼬맹이들 사이에서 벌어지는 사소한 다툼이었다. 그 남자애 이름은 아직도 생생하게 기억한다. 한경민! 내 인생을 바꿔 버린 원수다. 평소에는 안 그러던 한경민이 무슨 이유에서인지 그날따라 나를 계속 건드렸다. 나는 짜증이 났지만 꾹 참고 그러지 말라고 곱게 말하면서 한경민을 피했다. 내가 좋게 말하고 피하면 피할수록 한경민은 더 못되게 굴면서 나를 괴롭혔다. 나는 꽤나 잘 참는 편이었지만, 아직 유치원생이었기에 얼마 지나지 않아 한계점에 도달했다. 나는 꾹 참고 또 참았는데, 나를 괴롭힌 한경민이 짜증 난다며 나를 주먹으로 쳤기 때문이다. 더는 참을 수가 없었던 나는 한경민을 가볍게 밀쳤다. 한경민이 나에게 휘두른 주먹에 견주면 아주 가벼운 반격이었다.

나는 살짝 밀쳤는데 한경민은 태권도 고수에게 맞은 듯 뒤로 나뒹굴었다. 아빠가 보는 축구 경기에서 상대방이 살짝 건드렸는데 마치 구타라도 당한 듯이 나뒹구는 선수를 본 적이 있는데 딱 그 꼴이었다. 그렇게 잘난 척하며 나를 괴롭히고, 먼저 나를 때려 놓고서, 내가 살짝 밀었다고 큰 폭행이라도 당한 듯이 연기를 하는 한경민이 눈꼴시었다. 누가 보더라도 과장된 연기임이 뚜렷했다. 그런데 어찌 된 일인지 유치원 선생님은 한경민이 하는 어설픈 연기를 알아차리지 못했다. 선생님은 한경민을 껴안으며 온 정성을 다해 보살폈다. 그럴수록 한경민은 더 심하게 울며 나를 손가락질했다. 선생님은 나를 심하게 나무랐다. 나는 아무런 변명도 하지 않았다. 한경민에게 맞은 곳이 욱신거렸다.

욱신거리는 곳을 가만히 어루만졌다. 손이 스칠 때마다 통증이 올라왔다. 물론 참을 만한 아픔이었다. 육체에서 가해지는 통증은 참을 만했지만 마음에서 올라오는 아픔은 참기 어려웠다. 가슴에서 불이 일었다.

그날 나는 선생님들에게 수없이 많은 꾸지람을 들었다. 한경민 엄마는 유치원에서 나를 손가락질하며 고래고래 소리를 질러 댔다. 엄마는 그런 한경민 엄마에게 수없이 고개를 숙이며 사과했다. 나는 끝까지 사과하지 않으려고 버텼지만, 엄마가 무섭게 화를 내는 바람에 어쩔 수 없이 사과했다. 다른 어른들은 아무도 못 봤지만 그때 나는 보았다. 얼굴은 우는 시늉을 하면서 나를 비웃는 그 녀석의 입술을…….

집에 온 나는 엄마 몰래 한경민에게 맞은 곳을 거울에 비춰 보았다. 파랗게 멍이 들어 있었다. 생각보다 세게 맞은 모양이었다. 그때 처음으로 서러움이란 감정을 맛봤다. 유치원 선생님에 대한 신뢰도 와르르 무너졌다. 못된 한경민을 향한 복수심이 용암처럼 끓어올랐다. 겨우 여섯 살밖에 안 됐지만 나는 세상이 어떤지 알아 버렸다. 어른들은 나처럼 참는 사람에게 결코 사랑과 관심을 주지 않으며, 정의와 진실보다 거짓과 과장이 어른들에게 더 잘 먹힌다는 것을 말이다. 시퍼렇게 멍든 살갗을 어루만지는 동안 내 영혼 깊은 곳에서 서글픈 멍울이 맺혔다.

그 멍울이 아무 때나 나를 괴롭혔다. 억울함이 내 감정을 지배했다. 그때부터 나는 아프면 아픔을 표현하기로 했다. 억울하면 울기로 했다. 있는 그대로 표현하면 안 되었다. 내가 느끼는 슬픔 만큼만 울면 안 되었다. 내 몸은 여전히 상처와 고통에 둔감했고, 울음은 내게 낯선 표현 방식이었기에 일부러 과장되게 표현하지 않으면 어른들이 알아주지 않기 때문이다.

처음에는 무척 어색했다. 몸은 고통스럽지 않은데 고통을 표현하려고 하니 연기를 해야 했다. 연기를 잘하려면 연습이 필요했다. 혼자 있을 때면 나는 수없이 거울을 보며 아픈 척하는 연습을 했다. 우는 연기를 하는 동영상도 수없이 찾아보며 연구했다. 어느 정도 연습을 한 뒤에는 생활 속에서 아픈 척하는 연기를 실습했다. 일부러 문에 툭 부딪친 뒤에 아픈 척해 보기도 하고, 발이 꼬인 척하며 넘어진 뒤에 엄마가 쳐다보면 울먹거리기도 했다. 시간이 흐르면서 내 연기력은 점점 향상되었고, 엄마가 자연스럽게 받아들이는 수준이 되었다.

자신감이 생긴 나는 유치원에서도 연기를 펼쳤다. 처음부터 세게 표현하면 선생님이 이상하게 볼 수 있으므로 처음에는 아주 약한 연기부터 했다. 문에 살짝 부딪친 뒤에 아픈 척했는데 유치원 선생님이 그 어느 때보다 나에게 잘해 주었다. 단 한 번도 아프다고 표현하지 않았던 내가 아프다고 표현하니 더 많은 관심을 쏟아 주었다. 나는 아주 조금씩 조금씩 연기 강도를 올렸다. 그렇다고 내가 다른 애들보다 심하지는 않았다. 내가 과장되게 표현해 봤자 다른 애들이 평상시에 늘 하는 수준이었다. 나는 아주 평범한 아이가 되었고, 아프면 찡찡대고, 슬프면 우는 아이가 되었다.

내 연기력에 넉넉하게 자신감이 생기자 나는 내 삶을 망가뜨린 한경민에게 복수할 기회를 엿보았다. 그러던 어느 날, 나는 드디어 기회를 잡았다. 애들과 선생님들이 없는 곳에서 단둘이 있을 때였다. 나는 일부러 한경민에게 시비를 걸었다. 한경민은 참을성이 없었다. 짜증을 내며 나를 슬쩍 밀쳤다. 나는 옳다구나 하면서 있는 힘껏 한경민에게 주먹을 휘둘렀다. 내 영혼 깊이 똬리를 튼 억울함과 노여움을 실은 주먹이었다. 내 주먹은 한경민 가슴을 강타했고 한경민은 뒤로 나뒹굴었다. 뒤로 넘어진 한경민은 곧바로 울려고 했지만 나는 틈을 주지 않았다. 나는 한경민보다 앞서서 울음을 크게 터트리며 뒤로 넘어졌다. 일부러 팔을 휘둘러 울타리를 세게 쳤다. 팔이 꽤나 아팠고, 그 덕분에 울음은 더 커졌다. 나는 그동안 쌓은 연기력을 총동원하여 울었다. 혼신을 다해 울었다. 내 에너지를 모두 모아서 울음을 쏟아 냈다. 내가 워낙 세게 울어 대니 한경민은 어안이 벙벙한지 멍하니 나를 보기만 했다.

내 울음소리를 들은 유치원 선생님이 뛰어오셨다. 선생님은 어쩔 줄 몰라 하며 나를 껴안고, 내 몸을 살폈다. 나는 기회는 이때다 싶어 더 크고 서럽게 울었다. 유치원 선생님은 어찌할 바를 몰랐다. 내가 유치원에서 울먹인 적은 있지만 그 정도로 운 적은 단 한 번도 없었기에 유치원 선생님으로서는 화들짝 놀랄 수밖에 없었다. 일은 내가 뜻하는 바대로 흘러갔다. 나는 사건이 어찌 된 건지 설명하지 않아도 되었다. 내 울음은 나를 피해자로 만들었다. 선생님과 엄마뿐 아니라 한경민 엄마도 나를 피해자로 여겼다. 한경민 엄마는 한경민이 옛날 일을 복수했다고 여기고, 한경민을 심하게 나무라며 연신 나와 엄마에게 사과했다. 나는 승리를 거두었고, 영혼에 맺혔던 응어리가 조금은 풀리는 짜릿함을 맛봤다. 끝으로 나는 시원한 결정타를 먹여 주었다. 몰래 그 녀석에게 혀를 날름 내민 것이다. 한경민은 억울해서 미치려고 했지만 어차피 승패는 끝난 뒤였다.

그 뒤로 나는 종종 울었고, 선생님들 관심을 점점 많이 받았으며, 점점 울보가 되어 갔다. 초등학생이 된 뒤에도 나는 유치원에서 쓰던 방법을 그대로 써먹었다. 선생님 앞에서 종종 아픈 척하고, 우는 연기를 했다. 애들끼리만 있을 때는 절대 울지 않았다. 애들끼리만 있을 때는 울어 봐야 아무 짝에도 쓸모가 없다. 쓸모없을 뿐 아니라 괜히 만만한 애로 낙인찍힐 수도 있다. 울음은 어른에게만 통하는 묘약이었다.

아무튼 나는 능숙한 울보가 되었다. 울어도 관심을 기울이지 않으면 더 서럽게 울었다. 앞서 말했듯이 식판에 찍혀 이마를 다친 것이 울보로서 정점을 찍은 사건이었다. 울보로 명성을 날리던 내가 더는 울보 노릇을 하지 않게 된 계기는 전학이었다. 초등 2학년이 끝나갈 무렵 엄마는 내가 3학년이 되면 전학을 가야 한다고 알려 주었다. 엄마는 아이들에게 내가 전학 간다는 사실을 알리지 않는 게 좋겠다고 했는데 나는 무심결에 털어놓고 말았다. 잘 지내던 애들이 그때부터 나를 멀리했다. 왕따까지는 아니었지만 나와 어울리려고 하지 않았다. 애들은 어차피 같이 지낼 사이가 아니니 나에게 잘해 줄 이유가 없다고 생각한 듯했다. 울음으로 해결할 수 없는 문제였다. 내가 마음이 아프다고 해도 어른들이 어떻게 해 줄 수 없는 일이었다. 그때 나는 또래와 잘 지내기 위해서는 다른 방법을 써야 함을 깨달았다.

3학년 때 학교를 옮기고 처음에는 무척 힘들었다. 낯선 환경과 사람들 사이에서 무난하게 지내기가 쉽지 않았다. 그렇다고 울 수는 없었다. 그런 상황에서 울면 그야말로 모자란 애로 찍히기 십상이었다. 그때 찾아낸 방법이 부풀리기였다. 없는 이야기를 하면 거짓말이 되지만 살짝 부풀려서 말하면 애들이 나를 남다르게 보았다. 경험도 부풀렸고, 가지고 있는 물건도 부풀렸고, 감정도 부풀렸다. 울보로 지낼 때 아픔을 부풀리는 것과 비슷했다. 나에게는 아주 익숙한 방법이었다. 그러면서 부풀리기는 나에게 접착제처럼 달라붙었다. 5학년 때도 전학을 갔는데 그때도 같은 방법을 썼고, 효과를 보았다. 정직보다는 그럴 듯한 꾸미기가 확실히 효과가 좋았다.

중학교 1학년을 잘 다니는데 또다시 전학을 갔다. 아빠 직장 때문에 이사간다는 말만 들었을 뿐 이사가야 하는 까닭은 전혀 몰랐다. 이사를 자주 다니면서 나는 스스로가 뿌리가 없는 나무 같다는 생각을 종종 했다. 오래된 친구도 없고, 익숙한 길도 없고, 편안한 공간도 없었다. 새로운 환경과 관계에 적응하려다 보니 그럴 듯하게 꾸미는 버릇이 더 강화되고 말았다.

아무튼 나는 중학생 때 전학을 한 뒤에도 같은 방법으로 관계를 맺었고, 낯선 환경에 빠르게 적응했다. 적응력 하나만큼은 내가 봐도 끝내줬다. 물론 아무런 문제가 없지는 않았다. 진짜와 부풀리기를 잘 구분해야 했고, 거짓말이 되지 않도록 주의해야 했다. 혹시 실수할지도 모른다는 걱정에 늘 신경을 곤두세워야 했다. 심혈을 기울여 노력했지만 가끔은 엉뚱한 데서 문제가 터지기도 했다.

영어 학원에서 수업을 할 때였다. 선생님이 해외여행 이야기를 꺼냈고, 애들은 해외여행으로 실컷 수다를 떨었다. 나는 해외여행을 간 적이 한 번도 없었다. 아빠는 늘 바빠서 해외에 갈 만한 시간을 내기 어려웠다. 비행기도 제주도에 갈 때 딱 한 번 타 본 게 전부였다. 그러나 한 번도 해외여행을 간 적이 없다고 이실직고하기는 싫었다. 그래서 해외여행을 동남아로 다녀왔다고 꾸며 냈다. 제주도에 갔고, 비행기도 탔으니 바다 너머에 다녀왔다고 스스로를 속였다. 거짓말이 아니라 부풀리기일 뿐이라고 수십 번 다짐하고 다짐했지만 걱정을 떨쳐 내지는 못했다. 수업 내내 들킬지도 모른다는 염려에 심장마저 떨렸다. 손이 떨려서 글을 쓸 때 힘을 꽉 주어야 했다. 애들은 신나게 떠드는데 나는 거짓이 들통날까 봐 식은땀을 흘리며 입을 다물었다. 여느 때와 달리 조용히 있는 나를 보고 애들이 자꾸 말을 걸었지만, 나는 "여행을 별로 안 좋아해서 기억도 잘 안 나." 하고 엉터리 핑계를 댔다.

당연히 거짓말이었다. 나는 여행을 참 좋아한다. 해외여행은 내가 이루고 싶은 가장 간절한 소원 가운데 하나다. 제주도에 갔던 기억이 마치 어제 일처럼 생생했다. 매순간이 즐거웠고, 그때 입었던 옷, 먹었던 음식, 내 주위를 흐르던 냄새와 바람도 기억했다. 그런 여행을 다시 가고 싶었지만, 갈 수만 있다면 해외로 가고 싶었지만, 그러기에는 아빠가 지나치게 바쁘기에 내 소원은 아직도 이루어지지 않았다.

진땀이 나던 수업 시간이 지나고 쉬는 시간이 왔다. 겨우 힘든 고비를 넘겼다고 안도를 하는데 선생님이 다음 시간에 해외여행을 주제로 글을 쓰겠다고 예고했다. 한 고비 넘으니 더 큰 고비였다. 그대로 가면 내 부풀리기가, 아니 거짓말이 들통날 가능성이 높았다. 마음이 급했다. 나는 남몰래 동남아 여행지를 검색했다. 음식, 호텔, 날씨, 관광명소에 관한 정보를 파악했다. 그렇지만 그 정도 검색으로 여행을 간 듯이 꾸며 낼 수는 없었다. 수업 시간이 되자 나는 한동안 글을 못 쓰고 얼어붙어 있었다.

"너 괜찮니?"

선생님이 걱정스럽게 물었다.

"아, 네…… 속이 조금 안 좋아서요."

그렇게 말했지만 꾀병을 부릴 수는 없었다. 꾀병을 부리기에는 조금 전까지 지나치게 싱싱했기 때문이다.

"기억이 안 나면 대충이라도 써."

선생님이 어깨를 토닥여 주었다.

그때 문득 제주도로 여행을 갔던 것과 동남아 여행을 교묘하게 결합하면 괜찮겠다는 발상이 꿈틀거렸다. 제주도에서 있었던 경험을 마치 동남아에서 겪은 일처럼 바꾸면 괜찮을 듯했다.

'그래, 없는 이야기는 아니잖아?'

거짓말이었지만 거짓말이 아니라고 자신을 수없이 세뇌했다.

'단지 장소만 살짝 바꾼 거니까, 나는 거짓말을 하는 게 아니라 조금

라면 먹고 힘내

과장한 거야! 거짓말이 아니니까 괜찮을 거야'

거듭 되뇌다 보니 어느 순간, 내 생각이 거짓이 아니라 진실이라고 믿게 되었다. 심지어 내가 동남아에 여행을 다녀왔는데 잘 기억 못 하는 것일 수도 있다고 여기는 지경이 되었다. 나는 아주 조심스럽게 글을 써내려 갔다. 제주도 여행과 동남아 여행을 절묘하게 결합해서 그럴 듯하게 꾸며 썼다. 조심스럽게 쓰기는 했지만 제주도 여행을 다녀온 기억이 워낙 생생했기에 내 글은 생동감이 넘쳤다.

글을 다 쓴 뒤에 선생님께 제출하는데 손이 꽤나 떨렸다. 힘을 강하게 주어서 떨림을 겨우 숨겼다. 선생님이 내 글을 읽을 때는 혹시라도 내 거짓말을 알아차릴까 봐 부들부들 떨면서 걱정했다. 애들은 글을 내고 속닥거리며 해외여행 갔던 이야기를 나누는데 나는 혹시라도 내게 말을 걸까 봐 다른 애들과 눈도 마주치지 않았다.

글을 다 읽은 선생님은 내가 쓴 글을 크게 칭찬해 주었다. 과도할 정도로 칭찬해서 부담스러울 지경이었다. 심지어 수업이 끝나고 엄마한테 전화를 걸어 내가 글을 아주 잘 썼다고 칭찬했다. 엄마는 나를 환한 얼굴로 맞았고, 곧이어 치킨 배달부가 초인종을 눌렀다. 엄마가 나를 위해 미리 주문해 둔 것이었다. 엄마는 내게 뭐라고 썼는지 줄기차게 물었지만 나는 끝까지 얼버무렸다.

"나는 그냥 대충 썼는데, 선생님이 좋게 봐 주셨어."

치킨은 맛있게 먹었지만 여전히 나는 겁이 났다. 혹시라도 들통이 나면 어쩌나 싶었다. 나는 거짓말쟁이로 낙인찍히기 싫었다. 걱정은 컸지만 다행히 아무 일 없이 지나갔다. 아니 아무 일 없지 않았다. 학원 선생님이 나를 좋게 보면서 더 친절하게 가르쳐 주었고, 엄마도 나에 대한 믿음이 아주 커졌다. 그 일을 겪으면서 내 신념은 더욱 강해졌다. 세상 사람들은 초라한 진실보다 그럴 듯한 거짓을 더 좋아한다는 신념 말이다.

그런 점에서 어쩌면 그 일은 내게 '다행'이 아니었다. 그냥 들켜 버려서 크게 혼이 나거나 창피를 당했다면 내 습관이 바뀌고, 내 신념도 바뀌었을지 모르는데, 뒤틀고 꾸며서 덧붙이는 거짓 덕분에 일이 지나치게 잘 풀리면서 내 나쁜 습관만 강화되고 말았다.

그러나 일이 언제까지나 잘 풀릴 수는 없는 법이다. 특히나 잘나 보이려고 꾸미는 짓이 아무 탈 없이 끝까지 갈 리 없다. 진실은 드러나면 힘이 되지만 꾸밈이 깨지면 한없는 나락으로 떨어진다. 나는 내 앞에 기다리는 벼랑도 모른 채 습관처럼 질주했고, 마침내 벼랑 앞에 서서 이도 저도 못 하는 상황으로 내몰리고 말았다.

사건은 아주 가벼운 말에서 비롯하였다. 나는 친구들과 대화를 나눌 때면 '나도 그런 적이 있다'는 말을 아주 쉽게, 무척 많이 했다. '나도 그런 적 있는데', '어머 너도 그랬니?'와 같은 말을 덧붙이면 친구 관계가 아주 친밀해진다. 공감은 사람을 가깝게 한다고들 하는데 공감보다 공범이 친밀감을 더 키운다. 똑같은 경험을 한 사람은 공감대가 더 탄탄하다. 전학을 자주 다니면서 새로운 친구를 사귈 때 '나도 그런 적 있어'와 같은 말은 아주 효과가 좋았다. 낯선 환경에 적응하면서 터득한 능력 가운데 하나였다. 문제는 내가 하는 말 가운데 상당수가 부풀리고 과장한 경험이라는 점이다. 진짜에 살을 보태 은근히 부풀리는 버릇은 사소한 대화에서도 자꾸 튀어나왔다.

그날도 늘 그랬던 대화 가운데 하나였다. 함께 어울려 다니는 친구들이 모여서 수다를 떠는 중이었다. 이야기 도중에 선미가 속상해하며 투덜거렸다.

"내가 그랬잖아. 토요일부터 나흘 동안 제주도 놀러가기로 했다고. 체험학습 신청서까지 다 냈는데……. 아, 글쎄 금요일 밤에 외할아버지가 아프시다는 연락이 온 거 있지."

"그럼 못 간 거야?"

"응!"

"어머, 어떡하니?"

"도대체 이게 몇 번째인지 몰라. 해외여행 가려는데 동생이 다리가 부러져서 못 가고, 사촌들과 놀이공원 갔는데 하필 그날 비바람이 몰아쳐서 실외 놀이시설은 전혀 이용 못 하고, 학원 쉬는 날 놀려고 하면 엄마가 아파서 동생 돌보라 그러고……. 휴~ 내 인생은 어쩌면 그렇게 재수가 없는지 몰라."

선미는 자신은 늘 재수가 없다며 속상해했고 다들 선미를 위로했다.

나도 그런 수준에서 대꾸하면 좋았을 텐데, 뭐든 과장하고 덧붙이는 습관이 된 나는 그 순간에도 그냥 넘어가지 못했다.

"나도 그런 적 있는데……."

나도 모르게 이 말이 나오고 말았다. 습관이 참 무섭다.

"오랜만에 가족끼리 여행을 가려고 계획을 짰는데 할머니가 병원에 입원하셨다는 거야. 할머니가 걱정되면서도 여행을 못 가니까 정말 속상하더라."

이야기는 절반만 진실이었다. 오랜만에 여행을 가려고 계획을 짰는데 이런저런 사정 때문에 여행을 못 간 적은 있었다. 그렇지만 못 간 이유가 할머니 때문은 아니었다. 엄마와 아빠가 출발하는 날 다퉈서 여행이 취소되었다. 그렇지만 엄마 아빠 부부 싸움 때문에 여행을 못 갔다는 이야기는 할 수 없었다. 나는 선미와 엇비슷한 경험을 만들기 위해 입원이라고는 해 본 적 없으신 건강한 할머니가 병원에 입원하셨다고 꾸며 냈다.

그 말을 하면서 별다른 생각이 없었다. 선미를 더 잘 위로하고 싶은 마음도 없었고, 공감을 더 잘하고 싶은 의도도 없었다. 선미는 그냥 가까이 어울리는 친구 가운데 한 명이었고, 특별히 가까운 사이도 그렇다고 소원한 사이도 아니었다. 선미에게 잘 보여야만 할 이유도 없었고, 눈치를 봐야 하는 친구도 아니었다. 그냥 다른 친구들처럼 가볍게 위로하고 힘내라고 말하면 충분했다. 별나지도 않은 상황인데도 내 습관이 움직였다. 늘 하던 습관이 관성으로 작용했을 따름이었다.

그런데 내 말을 들은 선미가 얼굴을 살짝 찡그렸다. 다른 친구가 하는 위로를 받을 때와는 확연히 달랐다. 안타깝게도 그 순간에는 그게 무엇을 뜻하는지 조금도 알아차리지 못했다. 나중에 일이 꼬인 뒤에야 그때 보인 표정이 나에 대한 불만을 드러내는 신호임을 어림했을 뿐이다.

그때 '나도 그런 적 있어' 하는 말을 듣고 선미가 왜 그렇게 기분이 나빠졌을까? 이제와 곰곰이 따져 보니 그럴 만했다. 선미는 자기만 위로를 받고 싶었다. 자기만 운 나쁜 사람이 되어 친구들에게 관심을 받고 싶었던 것이다. 그럴 때는 그냥 '힘들겠다', '힘내라' 하는 말들로 선미를 주인공으로, 피해자로 만들어 줘야 한다. 내가 '나도 그런 적 있어' 하고 말하는 바람에 주인공이 되고 싶은 선미는 주인공이 될 수 없었다. 특별한 피해자로 취급받고 싶었던 선미는 나로 인해 아무나 하는 경험을 한 평범한 사람이 되고 말았다. 주인공에서 지나가는 행인으로 끌어내려진 기분, 아마 그때 선미가 느낀 감정이었을 것이다. 선미로서는 꽤나 감정이 상할 만한 사건이었지만 나에게는 별다른 의미가 없는 대화였다. 그러니 나는 선미가 나에게 언제든 되갚아 주려고 이를 갈고 있다는 사실을 전혀 모르고 있었다.

얼마 뒤, 함께 어울리는 친구들 사이에서 서로 강한 척하는 게 갑자기 유행했다. 특별한 계기는 없었다. 스마트폰 단체 대화방에서 문자와 사진을 주고받다가 벌어진 일이었다. 처음에는 잘하는 운동을 자랑하다가 점점 다른 쪽으로 옮겨가더니 나중에는 허세를 부리는 쪽으로 이어졌다. 화장을 진하게 한 사진, 위험한 데서 찍은 사진, 공연장에서 아이돌과 함께 찍은 사진, 비싼 옷 입고 찍은 사진 등을 올리며 허세를 마구 부려 댔다. 진짜로 찍은 사진도 있었지만 많은 사진들이 합성한 티가 팍팍 났다. 다들 가짜 사진을 보면서도 모르는 척하며 대단하다고 치켜세우고, 그 뒤에는 더 허세를 부리는 사진을 올렸다.

허세 부리기는 가깝게 지내는 친구들끼리만 공유하고 즐기는 놀이였다. 진짜가 아님을 알기에 마음도 편했다. 당연히 나도 동참했다. 내가 가장 잘하는 분야이기도 했기에 나는 꽤나 주목을 받았다. 그런데 점점 소재가 떨어졌고 더는 내 허세가 먹히지 않았다. 나는 허세 부리기 놀이에서 한참 후순위로 밀렸고, 어떻게 하면 주목을 받을지 고민하다가 올리면 안 되는 사진을 올리고 말았다. 술 마시는 사진이었다. 나는 잔뜩 취한 척하며 술을 마시는 사진을 여러 장 찍어서 올렸다. 물론 진짜 술을 마시지는 않았다. 그냥 술을 마시는 척, 취한 척 흉내낸 사진이었다.

사진을 올렸는데 애들 반응이 시원치 않았다.

🗨 에이 뭐야?

🗨 이거 가짜잖아.

🗨 연기 티가 너무 난다.

🗨 쯧쯧, 발 연기 ㅠㅠ

주목받으려 했지만 의도와 달리 단체 대화방 분위기는 정반대로 흐르고 말았다. 실패했으면 그냥 넘어가면 됐는데, 자존심이 상한 나는 울컥하고 말았다.

　💬 진짜라니까!

나는 아주 강하게 나갔다.

　💬 에이 말이 돼?
　💬 진짜 혼자 한 병 마셨어. 맛이 꽤나 쓰긴 했지만… 마실 만하던데.

　물론 내가 술을 전혀 안 마셔 본 것은 아니다. 엄마 아빠가 술을 마실 때 내가 옆에서 하도 빤히 쳐다보니까 아빠가 마셔 보라고 준 적이 있다. 그때 찔끔 마시고는 참을 수 없이 써서 뱉어 버렸다. 엄마와 아빠는 그런 나를 보고 깔깔거리며 웃었고, 나는 다시는 술 마시는 자리에 가까이 가지 않았다.

　💬 정말 마셨다고?
　💬 내가 언제 거짓말한 거 봤냐?

　그러니까 내가 거짓말한 것은 아니다. 나는 술을 마셔 봤다. 쓴맛도 봤다. 그렇지만 한 병을 혼자 마시지는 않았다. 술을 마신 사실에 가짜를 슬쩍 덧붙였을 뿐이다. 그게 내가 당당한 이유였다. 어쨌든 나는 새

빨간 거짓말을 하지는 않았으니까.

🤜 오, 임채린~~~~ 쎈데~~~~
🤜 이거 진짜면 짱인데!!!!
🤜 네가 짱 먹어라!

나는 어깨를 으쓱하는 그림말(이모티콘)을 보냈고, 그 대화는 그렇게 끝났다. 그 대화를 끝으로 단체 대화방에서 유행하던 허세 놀이는 갑자기 시들해졌다. 시들해진 이유는 특별히 없었다. 수없이 많은 유행이 갑자기 떴다가 이유 없이 흐지부지 사라졌는데, 허세 놀이도 그 가운데 하나였다.

내가 술을 마신다고 허세를 부린 지 며칠이 지난 점심시간이었다. 친구들과 어울려 맛있게 점심을 먹고 난 뒤에 교실로 돌아왔는데 담임 선생님이 나를 따로 상담실로 불러냈다. 불려 간 장소는 교무실이 아니고 상담실이었다. 선생님이 오라고 한 장소를 들었을 때부터 뭔가 불길했다. 예감은 틀리지 않았다.

"채린이 너, 요즘 힘든 일 있니?"

뜬금없는 말이었다. 나는 전혀 힘들지 않고 아주 잘 지냈다. 친구들과 관계도 좋고, 수업 시간에 말썽을 부린 적도 없다. 선생님들과 관계도 나쁘지 않고, 숙제도 성실하게 꼬박꼬박 해 오고, 수행평가도 충실

라면 먹고 힘내

히 했다. 가끔 부부 싸움을 하시던 부모님도 요즘은 알콩달콩 잘 지내서서 집안에도 문제가 없다. 나는 더할 나위 없이 잘 지내는 평범한 중학생이었다.

"아니요."

나는 아주 맑게 대답했다.

"정말 무슨 일 없어?"

선생님 얼굴에는 근심과 염려가 가득했다. 도대체 선생님이 왜 그런 얼굴로 나를 걱정하는지 어림조차 되지 않았다.

"네, 전 잘 지내요."

"힘든 일 있으면 말해. 물론 솔직하게 말하기 어렵겠지만, 그럴수록 있는 그대로 드러내야 이겨 낼 힘이 생겨. 주위에서 도움을 줄 수도 있고."

선생님은 무척 조심스러웠다.

"괜찮다니까요."

"정말?"

"네!"

선생님은 몸을 뒤로 빼더니 팔짱을 꼈다. 입술을 깨물고 지그시 나를 바라보았다. 선생님이 원하는 말이 내 입에서 나오길 바라는 마음이 느껴졌지만 나는 그 바람을 채워 줄 수 없었다. 나는 정말 잘 지냈고, 아무런 문제도 없었기 때문이다. 혹시나 내가 나도 모르게 다른 애를 괴롭힌 적이 있는지 생각해 봤지만 그런 기억도 없었다. 나는 유치원 다닐 때 한경민과 부딪친 뒤로 아무와도 다툰 적이 없다. 초등 2학년 때 잠깐 소외당했지만 그렇다고 특별히 다투지는 않았다. 전학을 여러 번 다니다 보면 적응하기 힘들고, 갈등이 생길 수도 있지만 나는 그러지 않았다. 나는 적응력과 관계 맺기 능력만큼은 또래 가운데 최고라고 자부할 만한 수준이었다.

"채린아."

선생님이 팔짱을 풀더니 다시 다정하게 내 이름을 불렀다.

"네!"

나는 선생님 눈을 똑바로 보며 맑게 대답했다. 선생님 눈에서 선의가 느껴졌다. 나를 진심으로 걱정하는 마음이 눈빛에서 그대로 드러났다. 담임 선생님은 우리들 의견을 존중해 주는 편이다. 수업도 재미있게 하고 질문도 잘 받아 주신다. 그래서 나를 비롯해 우리 반 애들은 다들 담임 선생님을 좋아한다. 다른 반 애들이 우리 반을 부러워할 만큼 담임 선생님은 좋은 분이다. 그런 담임 선생님이 도대체 무엇 때문에 나를 걱정하시는 걸까? 아무리 머리를 굴려도 어림이 되지 않았다.

"마지막으로 물어볼게. 정말 아무 일 없니?"

"저도 말씀드릴 게 뭐라도 있으면 좋겠어요."

선생님은 잠시 나를 가만히 보더니 뭔가 결심을 한 듯 휴대전화를 꺼내더니 내 앞으로 내밀었다.

"그럼 이건 뭐니?"

휴대전화에는 사진이 있었다. 내가 술 먹었다고 찍어서 단체 대화방

에 올린 사진이었다. 주먹으로 뒤통수를 세게 한 대 맞은 듯한 충격이
밀려왔다.

"술 마시는 사진을 볼 때는 선생님도 가짜인 줄 알았는데 이 뒤에 이
어진 대화를 보니 가짜가 아니더구나."

"그건……."

장난으로 올린 사진이었다고 말하려다 입을 다물었다. 장난친 거라
고 말했을 때 어떤 일이 벌어질지 예상했기 때문이다. 장난이었다고
말하면 선생님에게 더는 추궁을 당하지 않겠지만, 친구들은 나를 이
상한 애로 여길 것이다. 가벼운 거짓말이야 그냥 넘어가겠지만 진짜라
고, 나는 거짓말한 적 없다고 하면서 내 신뢰성을 모조리 걸어 버렸으
니 친구들이 나를 어떻게 생각할지 심히 염려되었다. 어쩌면 나를 허
언증이 심한 애라고 몰아붙일지도 모른다. 앞으로 내가 뭐라고 하면
일단 믿지 않는 분위기가 만들어질 수도 있었다. 아무래도 내가 단체
대화방에서 허세를 부릴 때 지나치게 세게 나갔다. 친구들이 가짜라고
의심할 때 그냥 두루뭉술하게 뭉개면서 넘어갔어야 하는데 내 신뢰까
지 걸어 버렸다.

그렇다고 진짜로 술을 마셨다고 말할 수도 없었다. 그랬다가는 담임
선생님이 나를 문제아나 심각한 고민을 안고 지내는 학생으로 여기게
될 것이다. 반 애들이 나를 바라보는 시선도 걱정이었다. 술을 마신 것
도 모자라 신나게 자랑까지 한 나를 어떻게 여길지는 뻔했다. 어쩌면
집으로 연락이 갈지도 모른다. 그랬다가는 내 삶 전체가 엉망이 되어

버릴 것이다.

긍정할 수도 부정할 수도 없는 상황이었다. 진퇴양난(進退兩難), 사면초가(四面楚歌)란 사자성어는 이럴 때 쓰라고 만든 말이었다. 나는 이러지도 저러지도 못하고 그저 전화만 노려보았다.

'도대체 누가 선생님께 고자질을 했나요?'

이렇게 선생님께 묻고 싶었다. 꼭 묻고 싶었지만 묻는다고 답해 줄 선생님이 아니었다. 그렇게 물었다가는 그야말로 나쁜 학생으로 찍히고 말 것이다. 내가 좋아하는 담임 선생님께 나쁜 학생으로 찍히긴 싫었다.

"채린아! 선생님은……."

그때 선생님 전화가 울렸다.

휴대전화에는 교감 선생님이란 글자가 떴다. 선생님은 휴대전화를 보고 나를 한 번 보더니 전화를 받았다. 선생님이 교감 선생님과 통화를 하는 동안 나는 고자질한 범인이 누구일지 짚어 봤다. 나와 같이 어울려 다니는 친구는 모두 여섯 명이다. 한 명 한 명 떠올려 봤지만 그럴 만한 애를 골라낼 수가 없었다.

"네, 지금 가겠습니다."

선생님이 전화를 끊었다.

"교감 선생님이 급하게 찾아서 가야 해. 채린아! 종례 끝나고 다시 선생님께 와. 그동안 잘 생각해 보고 솔직하게 털어놔. 선생님은 네 편이야. 알지?"

선생님이 먼저 나가신 뒤에도 한동안 그 자리에 멍하니 있다가 힘없이 상담실을 나왔다. 교실로 돌아오니 친구들이 나에게 몰려들었다. 교무실이 아니라 상담실로 특별히 불려 갔으니 친구들도 가벼운 일이 아니라고 판단한 것이다. 친구들이 요란스럽게 물었지만 나는 '그냥 힘드니까 묻지 마' 하고 답했다. 상황을 밝히고 배신자를 물어보려는 충동이 일었지만 힘겹게 내리눌렀다.

그러다 친구들 가운데 이상한 반응을 하는 애가 눈에 들어왔다. 여느 때 같으면 가장 요란스럽게 물어봤을 선미가 내 눈치를 살피며 아무 말도 하지 않았다. 선미가 내보이는 행동이 이상해서 일부러 빤히 선미를 쳐다보았는데, 나와 눈이 마주친 선미는 황급히 시선을 돌려 버렸다.

'이선미! 네가? 네가 왜?'

머리가 하얘졌다. 여섯 가운데 누가 범인일지 고민하면서 가장 먼저 아닐 거라고 생각했던 친구가 선미였기 때문이다. 오후 내내 수업에 집중할 수가 없었다. 머릿속에는 온통 이선미밖에 없었다. 고민 끝에 찾아낸 이유가 바로 앞서 설명한 것이었다. 그 외에는 아무리 따져 봐도 선미가 나를 고자질할 만한 이유가 없었다.

종례가 끝나고 선생님을 찾아갔는데 선생님은 몹시 바빴다. 나와 길게 상담할 시간이 없었다.

"내일까지 기회를 줄 테니까 오늘 가서 잘 생각해 보고 내일 선생님께 와서 솔직히 털어놔. 내일까지 네가 선생님께 솔직하게 말하지 않으면 선생님은 네 부모님께 말씀드릴 수밖에 없어. 무척 싫어하는 방식이지만 이런 일을 선생님만 알고 넘어갈 수는 없으니까. 이해하지?"

선생님은 최대한 나를 존중하는 태도를 취하셨다. 선생님은 끝까지 내게 예의를 갖추셨다. 정말 좋은 선생님이셨다. 바로 그 점 때문에 더 속상했다. 이렇게 좋은 선생님께 나쁜 학생으로, 말썽을 부리는 학생으로 찍혔다는 사실이 진절머리나게 서글펐다.

친구들은 몹시 궁금해하며 내게 무슨 일이 있는지 끊임없이 물었지만 나는 일부러 입을 꾹 다물었다. 단체 대화방에도 글을 올리지 않았다. 아직 선생님께 어떻게 말씀드려야 할지 결정하지 못하기도 했고, 무엇보다 선미를 어떻게 대해야 할지 갈피를 잡을 수 없었기 때문이다. 집에서 혼자 한참 고민했지만 답이 보이지 않았다. 저녁도 먹는 둥 마는 둥 하고 영어 학원에 갔다. 수업에 집중을 잘하는 편인데 선생님 말씀이 전혀 들리지 않았다. 온갖 잡념들이 수업을 방해했다. 선미가 원망스럽고, 어떤 결정을 내려도 안 좋은 결과가 뻔히 보이는 딜레마가 괴로웠다. 답답함을 아무에게라도 털어놓으면 그나마 나을 텐데, 내 속마음을 시원하게 털어놓을 만한 친구는 단 한 명도 떠오르지 않았다. 답답함에 소리라도 버럭 지르고 싶었지만 그럴 수는 없었다.

마지막 시간을 앞두고서야 겨우 마음을 다잡고 수업을 들었다. 영어 원서를 읽고 해석해 보는 수업이었는데, 내가 좋아하는 외국인 선생님이 들어와서 하는 수업이라 마음을 다잡을 수 있었다. 영어로 된 『어린

라면 먹고 힘내

왕자』를 읽고 해석하는 수업이었는데, 해석할 곳은 어린왕자가 여행을 하면서 둘째로 방문한 별에서 겪은 일을 다룬 대목이었다. 어린왕자를 맞이한 사람은 허영심이 유난히 많은 허영쟁이였는데, 글을 해석하다가 그 내용 때문에 울컥하고 말았다.

어린왕자를 보자마자 허영쟁이는 '나를 찬양하는 사람'이라며 반가워한다. 허영쟁이는 이상한 모자를 쓰고 있었는데, 사람들이 환호와 박수를 보낼 때 답례를 하는 용도다. 그런데 안타깝게도 별을 방문하는 사람이 없어서 모자를 들고 답례를 할 기회가 없다. 허영쟁이는 어린왕자에게 손뼉을 마주치게 하고, 모자를 들어 인사를 한다. 재미있어서 몇 번 호응을 해 주던 어린왕자는 이내 지루해진다. 허영쟁이는 어린왕자가 자신을 진심으로 찬양하기를 바라지만, 어린왕자는 찬양이 뭔지 궁금해한다. 허영쟁이는 '찬양이란 이 별에서 자신이 가장 잘생기고, 옷을 잘 입으며, 가장 부자고, 으뜸으로 똑똑하다는 점을 모두인정하는 것'이라고 설명해 준다. 하지만 어린왕자는 작은 별에서 혼자 사는 허영쟁이가 그런 소망을 품고 있는 것을 이상하게 여기고, 그별을 떠난다. 어린왕자는 허영쟁이가 사는 별을 떠나며 '어른들은 정말 이상하다'고 중얼거린다.

마지막 문장이 내게는 '임채린은 참 이상하다'는 문장으로 바뀌어보였다. 내가 어린왕자에게 이상한 소망을 말하는 바로 그 허영쟁이같았다. 늘 자신을 꾸미고, 과장하고, 있는 그대로보다 더 잘나 보이기를 바라는 내가 바로 그 허영쟁이였다. 내 모든 걸 아는 사람이 나를 본

다면 어린왕자 속 허영쟁이를 봤을 때와 비슷한 반응을 보일 게 분명했다. 여느 때 같았다면 아무렇지 않게 넘어갔을 문장들이 내가 처한 처지 때문인지 날카로운 가시가 되어 내 온 영혼을 찔러 댔다.

또다시 나는 수업에 집중할 수 없었다. 선미를 향한 원망은 나를 향한 자책으로 바뀌었다. 이러지도 저러지도 못하는 딜레마를 만들어 낸 이는 다름 아닌 바로 나였다. 선미가 아니더라도 언젠가는 이런 일을 겪을 수밖에 없는 운명이었다. 아무 때나 과장하는 내 습관은 나도 모르는 사이에 나를 궁지로 몰아갔고, 때가 되어 결국 터지고 말았을 뿐이었다. 아무도 원망할 수 없었다. 모두 내 책임이었다. 내 탓이었다. 부끄러움과 수치심이 나를 괴롭혔다.

수업이 끝나고 나오는데 내 머리에는 단 한 문장이 계속 맴돌았다.

'내가 바로 허영쟁이야'

나는 울적함에 고개를 푹 숙이고 길을 걸었다. 사람들과 얼굴을 마주치기 싫었다. 한없이 작아져서 하수도 구멍으로 푹 빠져서 사라져 버리고 싶었다.

'내일 어떻게 하지?'

암담했다. 무엇을 결정하든 내 인생은 나락으로 떨어질 게 뻔했다. 허영쟁이에게 무척이나 어울리는 결말이었다. 쏟아지려는 울음을 간신히 참고 걸었다.

"얘~ 괜찮니?"

편의점 앞이었다. 학원에서 종종 마주치던 언니였다. 아는 사이는 아니었지만 늘 웃고 활기가 넘쳐서 기억하고 있던 학원 언니였다. 나는 학원 언니를 힐끗 보고 인사를 한 뒤에 그냥 지나가려고 했다. 다른 사람과 말을 섞을 기분이 아니었다.

"너 힘든 일 있나 보구나."

그런 위로 따위는 받고 싶지 않았다.

"나, 라면 먹을 건데 같이 먹을래."

이런 상황에서 라면이라니……, 황당해서 학원 언니를 빤히 쳐다보았다.

"힘들 땐 라면이 최고거든."

라면을 먹으면 정말 괜찮아질까?

"내가 사 줄게. 같이 먹자."

해맑은 웃음 때문이었을까, 아니면 라면이 정말 먹고 싶어서였을까? 그건 모르겠지만 그 순간 나는 라면을 같이 먹자는 제안을 받아들였다.

"좋아하는 라면 있니?"

나는 그냥 언니가 좋아하는 라면으로 사 달라고 했다.

"의자에 앉아서 기다려. 내가 사 올게."

학원 언니가 편의점으로 들어갔다. 나는 물끄러미 편의점 안을 바라보았다. 학원 언니가 나를 보며 환한 웃음과 함께 손을 흔들었다. 티 없이 밝은 웃음이 부러웠다. 나도 다시 저렇게 웃을 수 있을까? 어쩌면 다시는 저런 가식 없는 웃음을 짓지 못할지도 모른다. 어쩌면 나는 단

한 번도 꾸밈없는 웃음을 지어 본 적이 없는지도 모른다. 나는 늘 나를 부풀리고 꾸미며 살았으니 말이다.

학원 언니가 컵라면 2개를 들고 나왔다.

"먹기 좋게 딱 시간을 맞춰 왔으니까 곧바로 먹어."

학원 언니는 콧노래까지 부르며 컵라면 뚜껑을 열었다. 무엇이 저리 즐거울까? 저 꾸밈없는 행복은 어디에서 온 것일까?

"라면은 제때 먹어야 해."

학원 언니가 내 팔뚝을 치며 말했다.

나는 뚜껑을 잡았다. 뚜껑을 열자 스프 향을 머금은 수증기가 몽글몽글 피어올랐다. 다랑논처럼 꼬불꼬불한 면발이 촉촉함과 탱탱함을 뽐내며 어서 먹어 달라고 재촉했다. 허기보다 허탈함에 찌든 속이 아우성치며 젓가락을 쥔 손에게 빨리 움직이라고 명령을 내렸다. 급한 속내를 애써 가리며, 여유로운 척 가식을 떨면서, 젓가락으로 라면을 잡았다. 면발을 잡자 참을성이 한계에 달했다. 여유로운 척하던 가식을 벗어던진 젓가락은 초음속으로 면발을 입으로 이동시켰다. 탱글탱글한 면발이 입술 사이로 꼬물거리며 빨려 들어오고, 라면이 주는 만족감이 입술 사이에서 온몸으로 찰나에 퍼져 나갔다. 만족감이 가득 차오른 그 순간, 갑자기 눈물이 났다. 내 몸을 이루는 모든 습기가 눈물이 되어 쏟아졌다.

"너, 괜찮니?"

학원 언니가 걱정스럽게 물었다.

괴로움 때문이었지만, 입안 가득한 라면 때문에 흐르는 눈물이라고 스스로에게 핑계를 대며 대답 대신 고개만 끄덕였다. 눈물은 계속 나왔지만 나는 그럴수록 라면을 더 빨리 먹었다. 입에 조금이라도 빈 공간이 생기면 울음소리가 새어 나올지도 모른다는 걱정에 나는 작은 틈도 만들지 않으려고 끊임없이 라면을 입안으로 밀어 넣었다.

"그러다 체하겠다. 천천히 먹어."

학원 언니가 내 등을 토닥였다.

나도 속이 답답해짐을 느꼈다. 지나치게 빨리 먹고 있었다. 체할지도 모른다는 걱정이 들었지만 빠르게 먹기를 멈출 수가 없었다. 블랙홀보다 무서운 힘으로 나를 끌어당기는 허탈함에서 도망치지 않으면 내 모든 존재가 그대로 무너져 버릴지도 모른다는 두려움이 라면을 허겁지겁 먹게 만들었다. 놀랍게도 라면은 신비로운 힘으로 내 허전함을 채워 주었다. 나는 못났고 라면은 훌륭했다. 라면은 내게 과분한 음식이었다.

내가 왜 이런 사람이 됐을까? 내가 왜 이렇게 못난 사람이 됐을까? 나는 왜 컵라면 하나만도 못한 사람으로 추락해 버린 것일까? 나를 무너뜨린 첫 추락을 떠올렸다. 한경민, 그 못된 녀석 얼굴이 가장 먼저 떠올랐다. 한경민만 없었다면 나는 다른 삶을 살았을지도 모른다. 아니, 그때 유치원 선생님들이 진실을 밝혀 주기만 했어도 내 삶은 전혀 다른 빛깔로 채워졌을 것이다. 어린 나이에 나는 가식과 과장이 얼마나 효과가 좋은지 깨달아 버렸다. 옹색한 진실보다 화려한 과장이 나에게는 더 좋아 보였다.

라면은 진실했다. 라면 맛은 진실했다. 거짓이 없었다. 정직한 라면의 맛이 내 거짓을 꾸짖었다. 허영쟁이로 살다가 딜레마에 빠져 인생을 망칠 위기에 내몰린 상황에서도 나는 정직한 선택보다는 그 결과만 걱정하고 있었다. 정직한 라면 맛이 나를 정직하게 되돌아보게 했다.

라면을 국물까지 다 먹었다. 속이 시원했다. 막힌 속이 풀렸다.

"맛있게 먹었니?"

학원 언니가 다정하게 물었다.

"네! 감사해요. 정말 맛있게 먹었어요."

"히히! 다행이다. 원래는 너 라면 사 준 돈으로 아이스크림을 2개 사 먹으려고 했거든. 나로서는 아주 큰맘 먹고 너한테 라면을 사 준 건데, 네가 맛있게 안 먹었으면 서운했을 거야."

"정말 맛있게 먹었어요."

나는 웃음을 지어 보였다. 솔직한 표정이었다. 있는 그대로, 조금도 가식이 없는 감사함을 담은 웃음이었다.

"얼굴을 보니 안심이 되네! 힘들 땐 라면을 먹어. 아이스크림을 덧붙이면 더 좋지. 아, 물론 살은 찌겠지만. 히히!"

학원 언니는 장난스럽게 웃으며 일어섰다.

"저, 언니 이름이 뭐예요?"

"나? 나는 윤정, 나윤정이야. 학원에서 보면 아는 척해도 돼."

"고마워요. 언니! 이 은혜 꼭 갚을게요."

"에이, 뭐! 나한테 갚을 거는 없어. 내가 좋아서 한 일인데 뭘. 난 바빠서 가야 해. 안녕!"

윤정 언니는 내게 두 손을 흔들어 주더니, 콧노래를 부르며 그 자리에서 사라졌다. 경쾌하게 걷는 윤정 언니 뒷모습을 보며 나는 다음 날 어떻게 해야 할지 마음을 정했다. 안 좋은 상황이 와도 어쩔 수 없었다. 더는 허영쟁이로 살 수 없다. 더 이상 나를 진흙탕에서 뒹굴게 놔둬서는 안 된다.

* * *

다음 날, 점심시간에 나는 담임 선생님을 찾아뵙고 정직하게 진실을 고백했다. 술 사진은 단체 대화방에서 허세를 부리려고 올렸다고 말씀드렸더니 선생님은 믿지 않았다. 그러실 줄 알았기에 나는 어릴 때부터 있었던 일을 모두 말씀드렸다. 한경민 이야기부터 전학을 자주 다니면서 적응하기 위해 나를 과장했던 일들을 고백했다. 사람들이 약한 자를 보살피기보다 더욱 가혹하게 대하기에, 강해 보이려고 몸부림 친 일들을 모두 털어놓았다.

나는 담임 선생님을 믿었다. 사람들은 정직을 좋아하지 않지만 담임 선생님은 정직을 좋아한다고 믿었다. 있는 그대로를 드러내면 무시하고 깔보는 사람들과 달리 담임 선생님은 나를 따뜻하게 감싸 주리라 믿었다. 조금 과장해야 눈길을 주고, 조금 더 있는 척해야 부러워하고,

조금 더 높은 척해야 함부로 대하지 않는 사람들과 달리 담임 선생님은 못나고 초라해도 차별하지 않는 분이라 믿었다. 선생님을 믿었기에 나는 정직하게 나를 꺼내 보였다.

내 이야기가 끝나고 내 눈가에는 눈물이 한 방울 맺혔다. 선생님은 안쓰럽게 나를 바라보더니 자리에서 일어나 나를 가만히 껴안아 주었다. 선생님은 아무 말씀도 안 하고, 그냥 가만히 나를 안아 주기만 했다. 그 품이 어제 먹은 라면 국물만큼 따뜻했다. 포근한 품속에서 오랫동안 허기졌던 감정이 넉넉한 사랑으로 채워졌다.

당당한 라면의 맛

라면은 어떻게 늘 당당한 맛을 잃지 않을까?

박경호(중3 남학생)

　바쁜 아빠가 학교에 온 날, 오랫동안 끌어왔던 지루한 협상이 드디어 마무리되었다. 이제 서류로는 모든 일이 끝났다. 그러나 내 마음은 조금도 풀리지 않았다. 도리어 합의를 하기 전보다 더 괴롭고 억울했다. 내가 정말 잘못한 걸까? 나는 그저 질문을 했을 뿐인데, 그 질문이 그렇게 잘못이었을까? 질문이 잘못이었다고 치자. 그렇다고 해서 내가 그런 취급을 당해도 될 만큼 큰 잘못이었을까? 아무리 따져 보아도 동의하기 어려웠다. 아빠는 살다 보면 억울해도 참고 넘어가야 할 일도 많다고 하셨지만, 이 상황에서는 도저히 수긍하기 힘든 조언이었다.

　옆 중학교 교복을 입은 애들이 게임 이야기를 신나게 나누며 내가 앉아 있는 벤치 옆을 지나갔다. 애들은 공원 뒤에 위치한 PC방 앞에서 한동안 시끌시끌하게 떠들더니 PC방 문을 열고 우르르 들어갔다. 애들은 PC방으로 들어갔지만 소란스러운 수다는 밖에 남아 내 우울감을 더 깊게 건드렸다. 나도 저렇게 철없이 친구들과 어울리며 PC방에서 놀 수 있다면 얼마나 좋을까? 안타까운 일인지 다행스러운 일인지는 모르겠지만 나는 PC방에서 하는 게임이 재미가 없다. PC방에서 정신없이 게임하는 것보다 책을 읽는 게 훨씬 즐겁다. 하긴 내가 PC방에서 하는 게임이 즐겁다 해도 저렇게 신나게 어울릴 친구들이 내게는 없다.

나에게 제대로 된 친구들만 있었어도 내가 그 꼴은 당하지 않았을 것이다. 어쩌면 내가 잘못했다는 말이 맞는지도 모른다. 정재민 같은 녀석을 친구라고 믿고 의지했던 내 잘못이었다. 내게 제대로 된 친구들이 있었다면 정재민 같은 놈을 옆에 두지는 않았을 텐데……. 결국 잘못은 내게 있다는 지적이 가슴 아프지만 맞는 듯하다. 내 잘못이 아니라고 끝까지 우기고 싶은데, 어쩌면 이 모든 일이 내 잘못일지도 모른다니……. 빌어먹을! 괜히 눈물이 난다. 사람들이 많이 지나다니는 이런 공원에서 울면 안 되는데, 울음을 참으려고 하니 더 울컥울컥 눈물이 돈다. 누가 볼까 봐 얼른 눈물을 닦고 시선을 하늘로 돌렸다.

하늘빛이 저렇게 우울했던가? 날씨 정보에 따르면 미세먼지도 없고 구름도 없다고 했는데……. 나뭇잎들은 초록빛일 텐데 온통 잿빛으로만 보인다. 사람도 거리도 건물도 모조리 잿빛이다. 내 삶도 잿빛이다. 나는 왜 이렇게 못났을까? 땅바닥을 뒹굴며 짓밟히던 자존심이 땅속으로 처박혀 버렸다.

"박경호! 너 여기서 뭐 해?"

여자 목소리였다.

"아는 친구야?"

또 다른 여자 목소리도 들렸다.

"응, 독서 동아리를 같이 하는 친구야."

그제야 목소리의 주인공이 '임채린'임을 알아차렸다.

내가 가장 좋아하고 잘하는 게 독서다. 책을 읽을 때면 우울한 세상을 잊고 내 세계로 빠져들어서 좋다. 게임이나 동영상에 관한 어쭙잖은 대화를 나누는 애들과는 솔직히 어울리기 싫다. 수준 낮은 대화를 듣다 보면 한심하다 못해 구역질이 나온다.

"괜찮니?"

임채린이 가까이 다가오며 걱정스럽게 말했다.

나는 1학년부터 독서 동아리 활동을 했다. 나는 독서 외에는 아무것도 좋아하지도 않고 잘하지도 못하기에 독서 동아리는 내게 안성맞춤인 활동 공간이었다. 안타깝게도 독서 동아리를 그렇게 오래 했으면서도 가깝게 지내는 친구는 없다.

임채린은 3학년 때 독서 동아리에 들어왔다. 늘 활기차고 솔직하게 자기를 표현한다. 솔직하면 예의 없이 구는 경우가 많은데 임채린은 솔직하면서도 예의를 지켰다. 그런 점이 몹시 부러웠다. 나에게 전혀 없는 능력이었다. 역시, 그 문제가 일어난 원인은 내게 있었다. 문제를 일으킨 장본인은 바로 나였다.

나는 재빨리 흐르는 눈물을 닦았다.

"괜찮아."

"괜찮긴? 우느라 얼굴이 퉁퉁 부었네."

임채린은 내 바로 옆에 앉았다. 임채린과 함께 있던 친구는 조금 떨어진 곳에 서 있었다.

"나도 대충 얘기는 들었는데, 참 속상하고 억울하겠더라."

임채린 입에서 나온 '속상하다', '억울하다'는 낱말은 이 사건을 겪으며 무척이나 듣고 싶었던 말이었다. 엄마와 아빠에게 듣고 싶었고, 선생님에게도 듣고 싶었다. 비록 내게 가까운 친구는 없지만 주변 애들에게서도 듣고 싶은 말이었다. 그런데 별로 친하지도 않은 임채린에게서 내가 가장 듣고 싶은 말을 듣게 되다니…….

나는 숙였던 고개를 들어 임채린을 봤다. 내 바로 옆에서 맑은 눈동자가 내 눈동자를 정면으로 응시하고 있었다. 따뜻하고 정직하고 부드러운 눈빛이었다. 그냥 귀동냥으로 내 사건을 들었을 텐데, 잘 알지도 못하는 나를, 진심으로 걱정하는 눈빛이었다. 엄마에게서, 아빠에게서, 선생님에게서 기대하던 눈빛이었다. 이 일을 겪으면서 딱 한 번이라도 이런 눈빛을 만나길 얼마나 기대했던가? 갑자기 눈물이 났다. 별로 친하지도 않은 여자애 앞에서 울면 안 되는데, 눈물이 눈치도 없이 비집고 나왔다.

"아, 정말, 쪽팔리게."

손등으로 얼른 눈물을 닦아 버렸다.

"쪽팔리긴 무슨……, 울고 싶을 땐 울어야지. 나도 가끔 울어. 울고 나면 속이 편해지거든."

임채린이 빙그레 웃었다.

그 웃음이 내게 감염을 일으켰는지 나도 따라 웃었다. 눈에서는 눈물이 흐르는데 입에는 웃음이 걸렸다. 참 오랜만에 찾아온 웃음이었다. 내가 웃자 임채린은 더욱 활짝 웃더니 고개를 살짝 들어 PC방 쪽을 힐끗 봤다. 그러고는 옆에 서 있는 친구에게 시선을 돌렸다.

"선미야! 너 혹시 돈 있어? 오늘은 내가 빈털터리라."

"있는데, 왜?"

"저기 PC방에서 라면 사 먹게."

"……?"

"속상할 때는 라면이 최고거든."

"헐, 또 라면이냐?"

"또라니……. 라면 '님'과 만남은 '또'가 없어. 늘 새롭지."

"못 말리겠다. 정말!"

"돈이나 줘."

선미라는 여학생은 투덜거리면서도 돈을 흔쾌히 임채린에게 주었다. 대화를 듣는데 서로 얼마나 가까운 사이인지 느껴졌다. 한때 나도 정재민과 꽤나 가깝다고 믿었다. 그렇지만 그때도 저 둘 사이에 흐르는 신뢰감과 친밀감을 느껴 본 적은 없다. 친구 사이에 흐르는 저런 깊은 감정은 책 속에서나 접해 보았다.

"저 PC방에서 끓여 주는 라면이 이 동네에서 맛있기로 유명해. 조금만 기다려. 내가 금방 사 올게."

임채린은 가방을 내려놓고 PC방으로 빠르게 걸어갔다.

나는 임채린이 들어간 PC방에 시선을 고정시킨 채 돌처럼 가만히 있었다. 선미라는 친구는 내게 아무 말도 걸지 않았다. 조금 뒤 PC방 문이 열리더니 임채린이 쟁반을 들고 나왔다. 쟁반에는 알루미늄 호일에 담긴 라면 세 그릇이 있었다. 평범해 보이는 라면이었다.

"겉으로는 별로 다르지 않아 보이지만 이 PC방 라면에는 특별한 비법이 있어. 내가 알바하는 오빠에게 비법을 들었지만 영업 비밀이라 말하면 안 된다고 해서 알려 줄 수는 없어. 아무튼 먹어 보면 알아. 아주 특별한 맛을 경험하게 될 거야."

우리는 라면을 벤치에 놓고 빙 둘러서 자리를 잡았다. 자세가 조금 어색하긴 했지만 먹기에 불편할 정도는 아니었다.

"널 위해 샀으니까 네가 먼저 먹어."

임채린이 맑게 웃었다.

때마침 조금 허기가 올라왔다. 속상해서 점심도 안 먹었는데 배고픈 줄도 모르고 하루를 보냈다. 고맙다고 말하고 싶었지만 입 밖으로 내뱉지 못했다. 라면을 한입 먹었다. 임채린 말대로 특별했다. 이제껏 먹어 본 라면과는 차원이 다른 라면이었다. 겉으로는 평범해 보이는데 면발이 훨씬 쫄깃하고 탱탱했다. 라면이 꼬들꼬들하면 촉촉함이 모자라고, 촉촉하면 꼬들꼬들하지 않은데, 그 라면은 두 가지를 모두 갖추었다. PC방에서 끓이는 라면이 맛있어 봐야 얼마나 맛있고, 특별해 봐야 얼마나 특별하겠냐고 깔봤는데 아니었다. 초라한 알루미늄 호일에 담겼지만 라면 맛은 당당하고 기운이 넘쳤다. PC방이라는 출생지, 알루미늄 호일이라는 겉모습만 보고 은근히 깔보았던 내가 부끄러워질 만큼 훌륭한 맛이었다. 내 초라함과 대비되는 아주 당당한 맛이었다.

"특별하지?"

임채린이 물었다.

"아니!"

내가 말했다.

"별로야?"

임채린이 입을 삐죽 내밀었다. 실망한 기색이 뚜렷했다.

"특별하다기보다는 당당해."

내가 말했다.

"정말?"

임채린이 또다시 활짝 웃었다.

"선미야, 당당하다는 말, 이 라면에 참 어울리지 않냐?"

"어련하시겠어."

선미가 피식 웃었다.

"그러니까 박경호!"

갑자기 임채린이 내 이름을 불렀다.

"너도 당당해."

임채린이 웃음기를 싹 뺀 말투로 말했다.

임채린 말을 듣고 라면을 씹던 내 입이 그대로 멈췄다. 임채린을 마주보고 싶었지만 임채린의 눈을 마주볼 용기가 나지 않아서 그대로 라면만 보고 있었다.

"네 잘못이 아니잖아. 그러니까 주눅 들지 말라고."

내 심장이…… 뜨거운 열기를 품은 라면처럼…… 팔팔 끓었다.

＊ ＊ ＊

내가 살아오면서 했던 선택 가운데 최악은 뭘까? 그 선생님께 질문을 하기로 선택한 순간이 가장 먼저 떠올랐다. 그런데 그 질문은 정재민과 친구가 아니었으면 할 수도 없었다. 따라서 그 선생님께 질문했던 것보다 정재민과 친구가 된 것이 더 나쁜 선택이었다. 더 곰곰이 따지고 보면 내가 정재민 같은 쓰레기와 친구가 될 수밖에 없었던 것은 내게 친구가 없었기 때문이다. 그러니 친구를 사귀기 위해 교실에 머물거나 운동장으로 나가기보다 책을 읽기 위해 도서관에 틀어박혔던 선택이 가장 나쁜지도 모르겠다. 도서관에 틀어박히는 선택을 했을 때를 떠올려 보니 어쩔 수 없는 측면이 있었다.

나는 초등학교 때 같은 학년 애들과 어울리기 무척 어려웠다. 같은 학년 애들과 어울려 보려고 꽤나 애를 썼지만 뭘 해도 맞지 않았다. 그러고 보니 바로 그게 문제였다. 결론이 나왔다. 내 인생에서 가장 나쁜 선택은 어처구니없게도 세상물정을 거의 모르던 여섯 살 어느 날에 일어났다. 아무것도 모른 채 무심코 내렸던 결정이 내 삶을 송두리째 엉망으로 만들어 버렸다.

여섯 살 때였다. 유치원 여름방학이었는데 꽤나 무더운 여름으로 기억한다. 방학이었지만 워낙 날씨가 더워서 주로 집에 머물며 놀았다. 그 사건이 벌어질 때 나는 거실 한 귀퉁이에서 혼자 장난감 놀이에 몰두하고, 엄마는 거실 소파에 앉아 내가 노는 모습을 지켜보고 있었다. 한참 재미나게 노는데 느닷없이 엄마가 내 옆으로 다가왔다.

"경호야, 방학 끝나고 유치원에 가면 일곱 살이 되고 싶니?"

때는 8월이었다. 새해가 되려면 한참 남았다. 내 생일이 1월 5일이니 서양식으로 따져도 내가 한 살 더 먹을 때는 아니었다. 말도 안 되는 물음이었지만, 여섯 살밖에 안 먹은 어린아이인 나는 그런 걸 따져서 판단할 만큼 신중하지 않았다. 어린아이에게 나이 한 살은 선물이나 다름없었다. 그 질문은 '비싼 장난감 갖고 싶니?' 하는 질문과 마찬가지였다. 비싼 장난감 선물을 받고 싶냐는 질문에 아니라고 대답할 아이가 어디 있겠는가? 나는 아주 기쁜 마음으로 좋다고 했다.

방학이 끝나고 유치원에 가자 나는 한 살 높은 반으로 올라갔다. 그 전까지 친구로 어울렸던 애들이 동생이 되었고, 그 전까지 누나와 형으로 부르던 이들과 친구가 되어야 했다. 높은 나이 반으로 올라간 뒤에 내가 어떻게 지냈는지는 잘 떠오르지 않는다. 잘 지냈는지 못 지냈는지도 모르겠다. 아무튼 한 살 더 많은 반으로 올라간 나는 유치원을 몇 개월 더 다닌 뒤에 곧바로 초등학생이 되었다. 그제야 나는 엄마가 '일곱 살이 되고 싶니?' 하고 물었던 의도를 알아차렸다. 엄마는 내 생일이 1월 5일이고, 나름 아들이 똑똑하다고 판단해서 학교에 한 해 먼저 보낼지 말지 고민하다가, 내가 일곱 살이 되는 걸 흔쾌히 받아들이자 망설이지 않고 결정을 내렸던 것이다.

유치원을 다닐 때는 몰랐는데 초등학생이 되고 보니 뭔가 이상했다. 공부는 따라가기 쉬웠지만 정서가 안 맞았다. 어린 나이라 뭐라고 설명하기는 힘들었지만 어울려 놀 때마다 어색했고, 여럿이 나누는 대화에 끼기 어려웠다. 그럴 때마다 나는 아직도 유치원에 다니는 옛 친구들이 그리웠다. 유치원에 다니며 친한 친구들과 다시 어울리고 싶었다. 그렇지만 다시 한 살 아래로 내려갈 수는 없었다. 나는 이미 초등학생이었고, 나이를 다시 낮추는 선택지는 내 앞에 없었다.

어울리기 힘들었지만 그래도 나름 잘 버텼다. 깊이 사귀는 친구는 없었지만 누루 살 지냈고, 살능을 일으키지노 않았다. ⏤러다 3학년 때 아주 작은 갈등이 일어났다. 체육 시간에 피구를 할 때였다. 재미나게 피구를 하는데 우리 편 두 명이 자꾸 속임수를 썼다. 맞았는데도 안 맞은 척 속이기도 하고, 맞아서 밖으로 나간 뒤에 은근슬쩍 다시 안으로 들어오기도 했다. 선생님이 계셨으면 그런 속임수가 안 통했겠지만 때마침 선생님이 잠깐 자리를 비운 사이였기에 벌어진 일이었다. 애들은 알면서도 내버려두었지만 나는 그런 모습이 몹시 거슬렸다. 체육 선생님은 늘 스포츠 정신에서 알맹이는 '정정당당함'이라고 말씀하셨다. 나는 그 말을 떠올렸고, 속임수를 쓰는 두 애가 스포츠 정신을 어기는 비열한 짓을 저지른다고 판단했다.

"야, 규칙은 지켜야지!"

나는 단지 그 말 한마디를 했다. 욕을 하지도 않았고, 인상을 찌푸리지도 않았고, 잘못을 대놓고 지적하지도 않았다. 그냥 규칙을 지키라고만 말했을 뿐인데 규칙을 계속 어기던 두 명이 화를 버럭 냈다. 적반하장도 그런 더러운 적반하장이 없었다.

"뭐, 그렇게 깐깐하게 구냐?"

"재미있게 노는데 꼰대처럼 굴긴."

"네가 선생님이냐?"

"그러게, 선생님도 아닌 게."

둘이 번갈아가며 나를 몰아붙이는데 정말 어이가 없었다. 웬만하면 친구들과 싸우지 않고, 기분이 나빠도 그러려니 하고 넘어갔는데, 그때는 참을 수가 없어서 대거리를 했다. 언성이 높아졌고, 분위기가 싸늘하게 식었다. 피구 경기도 그대로 멈췄다. 그때 체육 선생님이 돌아오셨는데, 서로 다투면서 경기도 하지 않는 우리를 보고는 몹시 언짢아 하셨다. 체육 시간이 반도 안 지났는데 우리는 교실로 돌아가야 했다. 애들은 체육 시간을 제대로 즐기지 못하고 교실로 돌아가게 되자 투덜거렸다. 그런데 이상하게도 원망은 잘못을 한 두 녀석이 아니라 나에게로 몰렸다. 내가 모른 척 넘어가면 될 일을 괜히 트집 잡는 바람에 문제가 생겼다는 것이다. 어처구니가 없어서 따지고 싶었지만 거의 모든 애들이 그런 분위기였기에 어떻게 해 볼 수가 없었다.

그때부터 나는 약간 소외감을 느꼈다. 그렇다고 왕따는 아니었다. 그렇지만 같이 어울리고 싶지 않은 마음이 견딜 수 없는 수위가 되고 말았다. 아이들과 한 공간에서 같이 있기만 해도 괴로웠다. 아이들이 내게 아무 짓을 안 했는데도 뭔가 이상하게 나를 바라볼지 모른다는 피해의식까지 생겼다. 견딜 수가 없었다. 숨이 막혔다. 학교는 안 갈 수 없고, 애들과 있기는 싫은 나에게는 도피처가 필요했다. 그때 찾아낸 공간이 바로 도서관이었다. 우리 반 애들은 아무도 도서관에 가지 않았다. 다른 반 애들도 거의 없었고, 나이 많은 형이나 누나들이 가끔 오기는 했지만 도서관 안에서는 다른 사람 눈치를 안 봐도 되니 마음이 가벼웠다. 그때부터 나는 틈만 나면 도서관으로 갔다. 쉬는 시간에도 가고, 점심시간에도 가고, 수업이 끝난 뒤에도 도서관에 머물다가 집으로 갔다. 도서관에서 할 일은 독서밖에 없었다. 그때부터 나는 미친 듯이 책을 읽었다. 하루에 서너 권은 기본이었고, 많을 때는 대여섯 권을 읽기도 했다. 책에 빠져든 나는 도서관 밖에서도 책을 읽었다. 손에 잡히는 대로 읽었다. 이해하기 몹시 어려운 어른 책도 읽었다. 처음에는 무슨 말인지 몰랐지만 독서량이 쌓이다 보니 얼추 내용을 헤아리는 수준에 도달했다. 독서할 때는 마음이 참 편했다. 완벽히 내 자신이 되는 순간이었다. 책은 내게 행복이었고, 도피처였고, 성숙한 지식을 쌓게 해 주는 스승이었다.

좋은 점이 아주 많았지만 안 좋은 점도 있었다. 지나치게 책을 많이 읽고 지식이 쌓이다 보니 점점 더 같은 학년 애들과 정서가 안 맞았다. 그 전에는 내가 어려서 정서가 안 맞았다면, 이제 내면이 더 깊어지면서 애들과 정서가 안 맞았다. 내가 보기에 애들이 하는 짓은 전부 어리석어 보였다. 화제에 오르는 주제라고 해 봐야 게임이거나 인터넷에서 얼핏 본 가십 거리들이었다. 어쩌다 나와 말을 섞을 때면 애들은 내가 지나치게 어려운 말을 쓴다면서 잘난 척한다고 짜증 냈다. 그럴수록 나는 애들과 점점 더 말을 섞지 않았다. 피구 사건 이후로 친구들 눈 밖에 나는 짓도 되도록 안 했다. 아무리 거슬려도 그냥 참았다. 심지어 학교 폭력이 벌어지는 상황에서도 참았다. 괜히 끼어들어서 좋을 게 없다고 판단했기 때문이다.

초등학교를 졸업할 때쯤, 나는 초등 3학년 피구 사건 때 내가 얼마나 체육 선생님께 실망하고 상처를 입었는지 깨달았다. 그때 체육 선생님께서 앞뒤 사정을 밝히고, 그 두 녀석을 심하게 나무랐다면 결과는 달라졌을 것이다. 나는 정의로운 저항을 한 선구자가 되고, 칭찬받아 마땅한 학생이 되었을 것이다. 애들도 불의보다는 정의가 승리한다는 배움을 얻고, 학교 생활이 조금 더 공정하고 밝아졌을 것이다. 그러나 그때 체육 선생님은 우리가 싸운다는 현상에만 주목했고, 그로 인해 애들 사이에는 불의와 불공정이 득세하게 되었다. 체육 선생님은 당신도 모르게 불의가 승리하는 데 일조했다. 어린 학생들이 잘못된 믿음을 따르게 만들었다. 무엇보다 내 인생을 망가뜨리고, 내 무의식에 깊은 상처를 주었다.

아무튼 책은 나를 위로하는 벗이요 약이었지만, 내 깊은 내면에서는 깊은 관계에 대한 간절함이 점점 자기 몸집을 불리고 있었다. 책에 빠져들수록, 애들과 정서가 안 맞는다는 사실을 확인하면 할수록, 나는 점점 친밀한 관계를 향한 갈망에 빠져들었다.

중학생이 되었다. 중학생이 되자 애들은 더욱 거칠어졌다. 선생님들은 통제하기 바빴다. 아무리 봐도 애들은 진화가 덜 된 듯 보였다. 중학생이 되면 새로운 관계를 맺을 수 있을지도 모른다는 기대는 중학생이 되고 단 며칠 만에 사라지고 말았다. 중학생이 되어서도 내 삶은 바뀌지 않았다. 나는 늘 도서관에 처박혀서 책만 읽었다. 아무리 두꺼운 책도 하루를 다 넘기지 않고 읽어 치웠다. 책을 많이 읽으면 내 허전함이 채워지리라 믿고 읽어 댔지만, 지식만 늘고 허기는 채워지지 않았다. 도리어 책을 읽을수록 더 허기가 졌다.

도서관 사서 선생님이 날마다 도서관에 들러 미친 듯이 책을 읽어 대는 나를 보고는 독서 동아리에 들지 않겠냐고 제안을 하셨다. 처음에는 낯선 이들과 관계를 맺어야 한다는 부담감에 안 가려고 했지만, 그냥 편하게 와서 있으면 된다는 말에 가 보기로 했다. 다행히 독서 동아리는 그나마 내게 조금은 위안이 되었다. 책을 읽고 가볍게 이야기를 나누는 동아리였는데, 그리 수준이 높지는 않았다. 서로 그리 친밀하지도 않아서 동아리 활동할 때를 빼면 서로 연락하지도 않았다. 나

라면 먹고 힘내

는 말을 많이 하지 않았다. 일부러 별 생각 없는 애처럼 가볍게 이야기하기만 했다. 괜히 튀어서 얻어맞고 싶지 않았다.

독서 동아리가 내 허기를 채워 줄 정도는 아니었지만 그래도 숨은 쉽게 해 주었다. 독서 동아리 덕분에 나는 깊은 관계는 아니었지만 인간관계를 맺으며 지냈고, 독서 동아리 모임 시간을 손꼽아 기다렸다. 중학교 2학년까지 나는 늘 똑같이 그렇게 지냈다. 그러다가 3학년이 되어서 전에 없던 관계가 생겼다. 바로 '정재민'이란 새로운 인간이 나타났기 때문이었다.

정재민은 2학년 말쯤에 전학을 왔는데, 내가 속한 반이 아니었기에 전혀 모르고 지내던 아이였다. 그러다 3학년 때 같은 반이 되었고, 마침 옆자리에 앉게 되어서 서로 인사를 하고 지내는 사이가 되었다. 처음에는 정재민과 나는 전혀 가깝지 않았다. 정재민은 맨날 놀러 다녔고, 나는 틈만 나면 도서관에 처박혀 있었기에 서로 어울릴 틈이 없었다. 그런데 어느 날부터 자꾸 정재민이 나에게 호감을 표시하며 가깝게 다가왔다. 그때는 사정을 몰랐는데 알고 보니 정재민이 다른 애들과 다 멀어져서 나와 가까이 지내려고 했던 것이다. 다들 처음에는 정재민이 돈도 많고 이것저것 잘 사 주어서 가깝게 지냈지만, 쓰레기 같은 성질을 겪고 나면 바로 멀리 했다. 나는 얼추 귀동냥으로 정재민 성격이 지랄 같다는 말을 들었지만 자세한 상황을 몰랐다. 내게는 정재민에 대해 자세히 이야기를 해 줄 만큼 친한 벗이 없었기 때문이다.

아무튼 정재민이 내게 적극 다가왔고, 친구에 대한 허기가 지독하던 나는 정재민이 똥인지 된장인지도 모른 채 덥석 받아들이고 말았다. 처음에는 참 좋았다. 정재민은 무척 돈이 많았고, 뭐든 다 사 주었다. 말도 재미나게 잘했다. 내가 쓰는 말과는 아주 결이 달랐지만, 그래서 더 끌렸다. 정재민은 자기 아빠 자랑도 많이 했다. 거의 대부분이 아빠가 돈이 얼마나 많은지에 대한 자랑이어서 그렇게 부럽지는 않았지만 책에서는 본 적도 없는 이야기라서 꽤나 흥미롭기는 했다. 다들 정재민을 싫어하고 어울리기 꺼렸지만 나는 정재민이 참 좋았다. 남들에게는 쓰레기처럼 굴지 몰라도 어쨌든 나와는 친구였기 때문이다. 나도 정재민 성격이 좋지 않다는 소문을 얼핏 듣고 찜찜하긴 했다. 그렇지만 정재민이 나에게 해를 끼치지도 않았는데 다른 사람들 평판에 휘둘려 정재민과 멀어지고 싶지는 않았다. 처음으로 가까이 어울리게 된 친구를 잃고 싶지 않은 간절함 때문이었는지도 모르겠다. 안타깝게도 간절함이 내 판단력을 흐렸다. 아니 심각하게 잘못된 판단을 하게 만들었다. 잘못된 선택으로 인해 내가 겪어야 했던 불행은 끔찍했다.

어느 날, 정재민이 내게 또다시 아빠 자랑을 했다. 평소에 숱하게 많이 들어 온 그렇고 그런 자랑이었다. 내가 시큰둥하게 반응하자 정재민은 뭔가 특별한 일을 알려 주겠다는 분위기를 풍기더니 느닷없이 사회 선생님을 입에 올렸다. 자기 아빠가 부동산 투기를 했는데 사회 선생님도 끼어서 같이 투기를 했다는 것이다. 정재민은 계속 '투자'가 아니라 '투기'라는 낱말을 썼는데, 투기와 투자가 어떤 차이인지 명확히 이해하고 있던 나는 그 말을 바로잡아 주고 싶었다.

"사회 선생님이면 투자겠지. 설마 투기를 하셨겠냐? 사회 선생님이 어떤 분인데……."

나는 평소에 사회 선생님을 무척 존경했다. 사회 선생님이 수업에 들어오면 수업 분위기가 바뀐다. 무섭게 야단을 치거나 재미난 말씀을 많이 하시지는 않는데, 뭔가 거역할 수 없는 분위기가 있다. 사회 선생님은 학생들 질문에 귀를 잘 기울이고, 학생들을 무척 존중해 준다. 설명을 들으면 귀에 쏙쏙 박힌다. 투기와 투자에 대한 차이점도 사회 선생님이 해 주신 설명을 듣고 정확히 구별할 줄 알게 되었다. 사회 선생님은 투기와 투자를 견줘 가며 여러 예를 들어 주었는데, 투자는 자본주의 사회를 이끌어가는 힘이지만, 투기는 자본주의를 망치는 흉악한 질병이라며 날을 세워 비판을 하셨다. 그런 분이 부동산 투기를 하시다니 말이 안 된다고 생각했다.

"이 새끼가 친구 말 겁나 안 믿네. 내가 너보다 공부 못한다고 투기와 투자도 구분 못하는 떨거지인 줄 아냐? 내가 우리 아빠 밑에서 돈 교육을 얼마나 많이 받았는데."

정재민은 잘난 척하며 자신이 쓴 투기란 말이 정확하다고 강하게 주장했다. 여느 때 같으면 그러려니 하고 넘어갔을 텐데, 내가 존경하는 사회 선생님이었기에 그냥 넘어가지 못했다. 그때 그냥 넘어가야 했는데…….

"그건 인정하는데, 사회 선생님은 투기를 할 분이 아니라니까."

"이 새끼가 사람을 거짓말쟁이로 모네. 투기 맞다니까."

정재민이 거칠게 나왔다. 그때 그냥 인정하고 지나가야 했는데…….

"증거는 있어?"

이런 질문은 하지 말아야 했는데…….

"증거, 그래 증거 있지. 너도 알다시피 우리 아빠가 마당발이잖아. 그래서 이번에 새로 개발되는 곳이 어디인지 미리 정보를 입수했어. 그걸 이용해서 개발 예정지 땅을 엄청 사들였는데, 거기에 사회 선생님도 끼었다니까."

"너희 아빠야 그럴 수 있지만, 사회 선생님이 어떻게 알고."

그 질문도 하지 말아야 했는데…….

"내가 말 안 했냐? 우리 아빠가 사회 선생님 옛날 제자잖아. 그래서 좋은 땅 있는데 선생님도 같이 사면 좋겠다고 권하셨지. 알다시피 사회 선생님이 이제 정년도 얼마 안 남았잖아. 교감도 못 되고, 연금만 받아서는 은퇴 후에 생활을 풍족하게 누리기도 어렵고. 그래서 아빠가 옛날에 받은 은혜를 갚으려고 땅 몇 필지를 사회 선생님이 살 수 있게 해 주신 거지. 그래 봐야 아빠가 투자한 돈에 견주면 푼돈이지만."

정재민 말대로라면 사회 선생님은 투기를 한 게 분명했다. 정재민이 이렇게 얘기하는 건 자기 아빠에게 자세히 설명을 들었다는 뜻이고, 그렇다면 거짓은 아닐 것이다. 나는 더 이상 물어보지 않았다. 사회 선생님에 대한 실망감 때문에 어쩔 줄 몰랐다. 가까운 사람도 별로 없고, 신뢰하고 존경하는 어른도 없는 나 같은 청소년에게 실망감은 곧바로 배신감으로 자라나기 마련이다.

그날, 오후 사회 선생님 수업을 받는데 마음이 매우 복잡했다. 사회 선생님은 여전히 수업을 잘하셨고, 학생들을 공정하게 대했으며, 학생들은 수업에 집중했다. 모든 게 똑같았는데 내 마음만은 혼돈 속에서 헤매고 있었다. 수업이 끝나고 나는 가만히 있을 수 없었다. 곧바로 사회 선생님을 따라갔다. 그러고는 아무도 없는 곳에서 사회 선생님께 다짜고짜 질문을 했다.

"선생님, 혹시 재민이 아빠와 같이 부동산 투기를 하셨어요?"

그때는 감정이 몹시 격앙된 상태였기에 내 질문에는 선생님에 대한 예의가 전혀 없었다.

"그게 무슨 말이니? 투기라니?"

내가 몹시 예의 없이 굴었지만, 사회 선생님은 한없이 부드럽게 날 대했다. 그럴수록 더 화가 났다. 선생님이 이중인격자 같았다.

"재민이 아빠가 선생님 옛날 제자고, 같이 부동산 투기를 하셨잖아요."

"재민이한테 무슨 말을 들었나 보구나."

사회 선생님은 빙그레 웃었다.

"재민이 아빠가 내 옛 제자인 것도 맞고, 좋은 투자처가 있다고 하기에 믿고 돈을 맡기기는 했는데, 투기는 아니야."

사회 선생님은 여전히 웃음을 잃지 않았다.

"투기를 나쁘다고 가르쳐 놓고 선생님이 투기를 한 것처럼 보이니 몹시 화가 난 모양인데, 선생님은 좋은 목적에서 투자를 했지 투기를 하지는 않았어."

그쯤에서 사회 선생님 말씀을 믿고 뒤로 물러났다면 좋았을 텐데……. 재민이보다 사회 선생님 말씀을 더 믿어야 했는데…….

"재민이 아빠가 인맥을 이용해 몰래 개발 예정지 정보를 입수해서 땅을 사들였는데, 선생님이 수업 시간에 가르친 기준에 따르면 그건 투기잖아요. 개발 정보를 부당한 방법으로 알아내서 몰래 땅을 사들였는데, 어떻게 그게 투자라고 우기실 수가 있어요?"

나는 열이 받아 속사포처럼 말을 쏟아 냈고, 내 말을 들은 사회 선생님 얼굴빛이 딱딱하게 굳어 갔다. 사회 선생님이 그런 얼굴빛을 하는 모습을 처음 보았다. 늘 웃음을 지으며 자비롭게 우리를 대하시는 분이라고는 믿을 수 없는 얼굴빛이었다.

"부당한 방법으로 개발 정보를 입수해? 너, 그 말 재민이한테 들은 거니? 확실해?"

"제가 누구한테 들었겠어요."

"아무래도 내가 모르는 사정이 있나 보구나. 내가 사정을 좀 알아봐야겠다."

사회 선생님은 입을 앙다물더니, 조금 뒤 희미하게 웃음을 지었다.

"나한테 몹시 실망한 모양인데, 재민이 아빠가 부동산 개발 정보를 빼낸 걸 알았다면 아무리 내 미래가 불안해도 그런 곳에 투자하지는 않았을 거다. 이 말만은 네가 선생님을 믿어 주면 좋겠구나."

사회 선생님이 마지막에 하신 말씀을 듣고서야 내가 신중하지 못했다는 생각이 문득 들었다. 투기인 줄 알았다면 사회 선생님은 결코 참여할 분이 아니다. 항상 정의롭게 우리를 대하는 분이 투기인 줄 알면서 투자를 했을 리가 없다. 믿어야 했다. 재민이 아빠와 사회 선생님을 따로 판단해야 했다. 재민이 아빠가 정보를 입수한 경로를 사회 선생님에게 솔직하게 말하지 않았을 수도 있다는 점을 고려하지 못했다. 후회막급이었다. 되돌릴 수 없는 잘못이었다.

다음 날, 사회 선생님이 나를 따로 불렀다.

"내가 확인해 봤는데, 네 말이 맞더구나. 내가 신중하지 못했어. 미안하다. 선생님이 되어서 제자한테 부끄러운 모습을 보이다니……."

사회 선생님은 왼손으로 내 손을 잡고, 오른손으로 내 어깨를 부드럽게 두드렸다.

"내가 맡긴 돈은 되돌려 달라고 했어. 고맙구나. 선생님을 투기꾼이 되지 않게 해 줘서."

사회 선생님과 만나고 나오는데 세상이 맑은 빛으로 가득했다. 역시 사회 선생님은 달랐다. 내가 진심으로 존경할 만한 분이었다. 사회 선생님께 고맙다는 말까지 들으니 그보다 좋을 수가 없었다. 그러나 행복은 짧게 끝났다.

사회 선생님을 뵙고 난 뒤 즐거운 마음으로 도서관에서 책을 보는데, 정재민이 나타났다. 도서관이란 글자만 봐도 알레르기가 난다며 도서관 문도 쳐다보지 않던 녀석이 도서관에 나타난 것이다. 정재민은 내 옆에 앉더니 주변 눈치를 살피며 조용히 말했다.

"나 죽겠다."

"……?"

"아빠한테 죽도록 혼났어."

"야단맞았냐?"

"야단만 맞았겠냐. 골프채 하나 날아갔어."

"몸은…… 괜찮아?"

"한두 번 맞은 것도 아닌데 뭐. 그쯤은 괜찮아."

"그러면 왜?"

"용돈이 끊겼어."

나는 보던 책에서 눈을 뗐다. 용돈이 정재민에게 어떤 의미인지 알기 때문이다.

"용돈이?"

정재민은 돈으로 뭐든지 다 한다. 정재민과 가끔이라도 어울리는 친구들은 모두 돈을 보고 정재민 옆에 머문다. 정재민에게 돈은 생명줄이나 마찬가지다. 도서관이라면 알레르기를 일으키는 녀석이 독서실에 나타날 만한 사건이었다.

"전에 받은 돈도 다 뺏겼어."

"아니, 왜?"

"사회 쌤 부동산 투자 이야기를 너한테 했다고 아빠가 화가 났거든."

가슴이 뜨끔했다.

"별거 아니니까 그렇게 놀라지 마. 이러다 조금 지나면 다시 용돈은 주시니까."

"뭐가 어떻게 된 건데?"

"어제 사회 쌤한테 전화가 왔는데, 부동산에 투자하라고 맡긴 돈을 돌려 달라고 했다는 거야. 뭐 아빠에게야 그 정도 돈은 부담도 없기 때문에 즉시 돌려드리겠다고 하면서 사정을 물었더니, 내가 투기라고 말했다는 거야."

정재민은 아주 담담하게 말을 이어갔다.

"사회 쌤은 투기를 하지 말라면서 아빠를 심하게 꾸짖기까지 하셨대. 그 바람에 아빠가 노발대발한 거지. 내가 가볍게 입 놀리고 다닌다고……. 아빠가 모처럼 옛날 스승님께 은혜를 갚으려고 했는데 내가 훼방 놨다면서……. 말도 마라. 내가 많이 맞아 봤지만 그렇게 심하게 맞은 건 처음이었어. 안 죽은 게 다행이었다."

정재민은 끝까지 내 얘기는 하지 않았다.

"괜찮아?"

"뭐 어쩌겠어. 이미 벌어진 일인데. 그냥 알아 두라고."

정재민은 그러고는 도서관을 나갔다.

나는 잠시 걱정을 했지만 워낙 정재민이 아무렇지 않게 말하고 갔기에 그 일이 불벼락이 되어 나에게 돌아올 거라는 예상은 조금도 하지 못했다.

다음 날, 수업을 마치고 학교를 나가려는데 정재민이 잠깐 보자고 했다.

"뭔 일인데?"

"아, 잠깐 너한테 보여 줄 게 있어서."

"뭔데?"

"그게, 다른 애들이 보면 안 돼서."

전에도 이런 경우가 가끔 있었기에 나는 의심 없이 정재민을 따라갔다. 정재민은 학교 구석진 곳으로 나를 데려갔다. CCTV가 없는 곳이었다. 정재민은 구석진 곳으로 가자마자 가방을 여는 척했다. 정재민은 둘레를 살피더니 눈초리를 사납게 찡그러뜨렸다.

"왜 그랬냐?"

목소리에 칼날이 섰다.

"뭐야, 무섭게?"

"왜 그랬냐고, 이 새끼야."

정재민 입에서 욕이 나왔다. 이럴 때는 자리를 피하는 게 상책이었다.

"도망치게? 남 뒤통수쳐 놓고?"

불길한 기운을 느낀 나는 재빨리 몸을 돌려 빠져나가려고 했다. 그러나 도망은 불가능했다. 빠져나갈 길목에 인상이 날카로운 애들이 나타났다. 얼굴이 낯설었다. 우리 학교에 다니는 애들은 아니었다. 정재민이 다른 학교 불량배들을 불러온 모양이었다.

"친구라는 새끼가 내 말을 듣자마자 쪼르르 달려가 사회 쌤한테 고

라면 먹고 힘내

자질을 해?"

정재민 말에서 불량스러움이 한껏 묻어났다.

"고자질…… 아니었어. 그냥 사회 선생님께 여쭤 봤을 뿐이야."

"이 새끼가 끝까지 발뺌이네."

그때 길목을 막고 있던 불량배들이 내게 다가왔다.

"주먹 놔 두고 뭐하냐?"

뒤로 다가온 놈이 내 어깨를 확 젖히더니 주먹으로 내 배를 세게 쳤다. 숨이 턱 막혔다.

"아프냐? 엄살은~! 나는 골프채로 맞았거든."

정재민은 있는 힘껏 내 뺨을 쳤다. 머리가 멍하고 귀가 윙윙거렸다. 그 뒤로 내 몸 곳곳에 주먹과 발이 날아들었다. 나를 때리면서 정재민은 끊임없이 욕을 해 댔는데 고통 때문에 무슨 말인지 들리지 않았다. 그저 고통스러운 구타가 빨리 끝나기만 바랐다. 한동안 이어지던 주먹질과 발길질이 멈추고, 정재민이 한동안 욕을 한 뒤에 사라졌다.

나는 머뭇거리지 않고 곧바로 학교 폭력으로 신고했다. 집단으로 구타를 당했고, 내 몸에 상처도 뚜렷했고, 정재민이 예전에 다니던 학교에서도 학교 폭력을 저질러 우리 학교로 강제 전학을 당해서 왔기 때문에 사건이 달리 처리될 가능성은 없다고 믿었다. 정의롭게 일이 처리되어 정재민이 강한 처벌을 받으리라 믿었다.

그런데 내 믿음과 달리 사건 처리는 엉뚱하게 흘러갔다. 곧 열릴 듯하던 학폭위는 차일피일 미뤄지기만 했다. 사건 처리가 미뤄지자 정재민은 툭하면 나를 건드렸다. 신고를 취소 안 하면 나를 병신으로 만들어 버리겠다거나, 나를 때린 애들이 학교 밖에서 가만히 두지 않을 거라는 식으로 협박하기도 했다. 무척 고통스럽고 두려웠지만 나는 협박에 굴복하지 않았다. 일이 바른 방향으로 처리되리란 믿음 때문이었다.

그러나 담임인 양승태 선생님과 면담을 한 뒤, 내 믿음은 꺾이고 말았다.

"학폭위 말인데……."

학폭위란 말을 듣고 드디어 개최 날짜를 알려 주려는 줄 알았는데, 아니었다.

"넌, 네가 피해자라고 생각하겠지만……."

뭔가 낌새가 이상했다.

"아, 물론, 네가 맞기는 했지. 그렇지만 네가 사회 선생님께 그런 버릇없는 짓을 한 게 잘했다고는 할 수 없어."

"그게 무슨?"

"그럼 넌 네가 사회 선생님께 했던 행동이 잘했다고 보는 거냐?"

물론 아주 잘한 행동은 아니었다. 사회 선생님께 여쭤 볼 때 조금 버릇없기는 했다. 그렇다고 내가 그런 구타를 당할 만큼 잘못했다는 생각은 들지 않았다.

"친구한테 들은 말을 제대로 확인도 안 하고 함부로 옮기는 짓도 바람직하지 않아. 그건 잘 알지?"

뭐라고 따지고 싶은데, 반박하고 싶은데, 입이 떨어지지 않았다.

"그러니까 피해자인 척 그만 하고, 너도 잘못했으니까 적당히 합의하고 끝내."

어처구니없는 제안이었다. 당연히 곧바로 거부하려고 했다. 그러나 그럴 수 없었다.

"너희 부모님과도 어느 정도 이야기 됐으니까, 괜히 엉뚱한 짓 벌이지 말고."

면담은 그렇게 끝났다. 학폭위도 물 건너갔다. 집에 와서 엄마에게 따졌다. 엄마는 아빠가 결정한 일이라고 했다. 아빠에게 따졌다. 아빠는 억울해도 참고 지나가야 할 때가 있는 법이라고 했다. 이 일은 참고 넘어가서는 안 된다고 반박했지만, 그다음 아빠 말씀을 듣고 마음을 접었다.

"이 일을 계속 끌고 가면 네가 존경하는 사회 선생님이 곤란해지셔. 그건 알고 있지?"

그날 이후, 정재민은 더는 나를 괴롭히지 않았다. 나를 더는 협박하지 않았고, 일부러 건드리지도 않았다. 합의서 작성은 전적으로 아빠가 책임을 졌는데, 더는 이 일을 문제 삼지 않겠다는 내용을 담은 각서였다. 아빠는 학교 측에 나를 다른 반으로 옮겨 줄 것을 요구했고 학교는 이를 수용했다. 처음에는 정재민을 다른 반으로 옮기라고 요구했으나 내 의견을 반영해 나를 다른 반으로 옮기도록 요구를 바꿨다. 내가 반을 옮겨 달라고 한 까닭은 정재민 때문이 아니라 바로 양승태 선생님이 담임인 게 싫었기 때문이었다. 어떻게 담임 선생님이 그렇게 말한단 말인가? 세 명에게 집단 구타를 당했는데 내가 피해자가 아니라니, 아무리 분을 삭이려 해도 분이 풀리지 않았다. 양승태 선생님은 자기 자식이 그렇게 당해도 똑같이 말했을까? 아마 그러지 못할 것이다. 양승태 선생님은 자식이 나와 똑같은 일을 꼭 당해 봐야 얼마나 고통스러운지 깨달을 것이다. 합의서에는 정재민이 나에게 접근하지 않겠다는 내용도 담았고, 단 한 번이라도 고의로 접근할 경우 강제 전학을 보내고 손해배상도 한다는 약속도 있었다.

아빠가 학교에 와서 합의서에 도장을 찍은 날, 나는 허탈감에 빠져 정처 없이 돌아다녔다. 원망과 자책이 뒤엉키며 종잡을 수 없는 감정에 휩싸였다. 예쁘게 꾸며진 공원에 이르러 벤치에 앉았고, PC방에 들어가는 애들을 보았고, 임채린이 내게 PC방 라면을 사 주었다.

"너도 당당해. 네 잘못이 아니잖아. 그러니까 주눅 들지 말라고."

당당한 라면 맛 때문인지, 아니면 임채린이 해 준 말 때문인지, 그것도 아니면 임채린이 보여 준 따뜻한 위로 때문이었는지 모르겠지만, 그 사건을 바라보는 내 태도가 그 순간 180도 바뀌었다. 그 전에는 고통스러워서 말도 꺼내기 힘들었는데, 임채린이 사 준 라면을 먹고 난 뒤에는 믿을 만한 사람에게 그 사건을 솔직하게 털어놓기도 했다. 그 전에는 정재민을 죽이고 싶을 만큼 증오했는데, 임채린을 만나고 난 뒤에는 감정이 누그러지면서 정재민이 겪은 고통도 생각해 보게 되었다.

철없이 친구와 떠들었는데 말이 돌고 돌아 아빠 귀에 이야기가 들어가고, 아빠에게 골프채로 얻어맞은 것도 모자라 생명줄 같은 용돈까지 끊겼으니 정재민으로서는 얼마나 화가 났겠는가? 나를 때린 짓을 용서할 수는 없지만 정재민이 겪은 고통은 나름 어림이 되었다. 어떤 면에서 정재민은 참 불쌍한 애였다. 아빠는 엄청난 부자지만, 부동산 투기와 사업으로 많은 돈을 벌어들여 재벌 못지않게 돈이 많지만, 정재민에게 아빠로서 사랑은 티끌만큼도 주지 않는 메마른 사람이었다. 정재민 아빠는 늘 돈만 밝혔고, 이 세상에 돈이 최고라고 강조했다. 정재민이 조금만 눈 밖에 나는 말이나 행동을 하면 불같이 화를 내고, 골프채를 휘두르기 일쑤였다. 정재민이 아빠한테 얻어맞았다는 말을 종종 했다. 아주 가볍게 웃으면서 말하기에 그냥 꿀밤이나 맞은 줄 알았는데, 나중에 알고 보니 거의 다 골프채로 맞았다고 했다. 그런 아빠 밑에서 자란 정재민이니 모든 걸 돈으로 해결하려 하고, 기분이 상하면 폭력을 행사하려고 드는 것이다.

정재민이 참 안 됐다는 생각이 확고해진 계기는 우연히 찾아왔다. 학교 폭력 피해를 당한 뒤 나는 종종 위클래스 상담실을 찾았다. 임채린이 사 준 라면 덕분에 트라우마를 떨쳐 냈기에 크게 상담을 받을 거리는 없었지만, 그래도 혹시 몰라 상담을 받았다. 위클래스에는 보드게임을 비롯해 놀이도구가 다양하고, 도서관에는 없는 특별한 책도 꽤 많아서 그곳에 머무는 시간이 무척 즐거웠다. 그러다 아주 우연히 정재민이 상담받는 장면을 목격했다. 일부러 들으려고 하지는 않았는데 우연히 몇 마디 듣게 되었다. 잠깐 들은 말에 따르면 정재민은 학교에서 완전히 외톨이 신세가 되어서 괴롭고, 아빠만 떠올리면 두렵고, 자신을 잘 돌봐 주지 않는 엄마에 대한 원망이 가득했다. 정재민은 상담 선생님에게 매달리며 응석을 부리기도 했다. 참 불쌍한 녀석이라는 연민이 피어올랐다. 정재민도 내가 먹었던 라면을 먹고 당당하게 홀로 서면 좋겠다. 물론 내가 사 줄 마음은 쥐똥만큼도 없다. 정재민이 불쌍한 건 사실이지만 그런 녀석과는 절대 가깝게 지내고 싶지 않다.

반을 옮긴 뒤 몇몇 애들이 나에게 관심을 드러내며 다가왔고 제법 가까워졌다. 그러나 오랫동안 홀로 지내던 습성이 있던 내가 새로운 관계 맺기에 익숙해지기는 쉽지 않았다. 노력을 했지만 성과는 그리 좋지 않았다. 그러던 어느 날 임채린이 해 준 조언이 내게 큰 변화를 가져왔다.

같은 독서 동아리인 임채린과 가까워지면서 나는 임채린에게 내 사정을 종종 털어놓았다.

"애들과 가까워지고 싶은데 참 안 돼. 내가 어릴 때부터 늘 혼자 지내는 게 습관이 돼서 같이 어울리는 게 무척 힘들어."

"뭐가 그렇게 힘든데?"

"정서도 다르고……."

"조금 막연한데. 어떻게 정서가 다른지 모르겠어."

"너도 알다시피 내가 맨날 책만 읽잖아. 그러다 보니 애들이 하는 대화 주제가 다 시시해 보이고, 재미도 없고. 몇 마디 나누고 나면 할 말이 없어."

"아! 그러니까 애들과 같이 친근하게 나눌 대화 소재가 없다는 말이구나."

"바로 그거야. 억지로 재미있는 척하려고 해도 재미가 없어."

"답답하겠다."

"맞아! 답답해. 요즘엔 우리 반에 갑자기 체스 바람이 불어서 난리도 아니야. 쉬는 시간마다 여자 남자 구분 없이 모두 체스에 빠져서 토너먼트니 뭐니 하면서 노는데, 어휴 어쩜 그렇게 유치한지……."

"바로 그거네."

"바로 그거라니?"

"너도 체스를 둬."

"싫어. 그런 유치한 놀이는."

"체스가 뭐가 유치해. 반 애들과 가까워지려면 반 애들이 좋아하는 놀이를 너도 즐길 줄 알아야지."

"재미없어."

"해 봐. 혹시 알아? 재미있을지."

"별론데."

"그럼 뭐 계속 혼자 지내고. 내가 보기엔 다시없을 기회인데."

"알았어. 뭐 한번 노력해 볼게."

나는 유치한 분위기에 휩쓸리는 게 싫었지만 꾹 참고 체스에 발을 담갔다. 짝꿍에게 체스 규칙을 대충 배우고 두었는데, 처음 몇 판은 어찌 해 보지도 못하고 깨졌다. 몇 번 지고 나니 괜히 자존심이 상했다. 책도 많이 읽고 나름 머리도 좋다고 자부하던 나였는데 두는 족족 깨지니 승부욕이 생겼다. 다음 날에도 반에서 하수에 속하는 애들과 몇 판을 두었는데 단 한 번도 이기지 못했다. 그냥 패배도 아니고 처참하게 깨졌다. 이대로는 안 되겠다는 생각이 들었다. 반 애들은 아무리 적게 둬도 한두 달 넘게 체스 열풍에 발을 담그며 제법 수를 익힌 상태였고, 나는 이제 막 발을 담근 상태라 아무래도 내가 밀릴 수밖에 없었다.

나는 그날 당장 서점에 가서 체스 책을 구입했다. 책을 통해 체스 기술을 연마하고, 실전에서 이를 확인했다. 나는 책을 읽는 속도도 빠르고, 책을 통한 지식 습득은 일가견이 있었기에 실력은 빠르게 늘었다. 체스 공부를 한 지 며칠 되지 않아 하수 세계를 평정하고, 중급으로 넘어갔다. 중급도 단 일주일만에 정복하고, 고수 집단에 진입했다. 고수들은 만만치 않았지만, 끊임없이 책을 통해 연구하고 공부하는 나를 당해 내지 못했다. 내 실력은 일취월장했고, 이내 최고수를 가리는 대결에까지 진출했다. 아쉽게도 마지막 도전은 실패로 끝났고 나는 반에서 체스 2인자를 차지하는 것으로 만족해야 했다.

체스를 두면서 내 성격은 많이 바뀌었다. 애들과 체스를 소재로 수다를 떨었고, 체스를 두면서 이런저런 잡담을 나누다 보니 많은 애들과 스스럼없이 가까워졌다. 처음에는 대화 소재가 체스뿐이었지만 같이 어울리다 보니 대화 소재도 다양해졌다. 우리 반에서 체스 최고수로 군림하는 지환이와는 아주 가까운 친구가 되었다. 내게 처음 체스를 가르쳐 준 짝꿍인 태린이는 내 수제자가 되어 고수 반열에 오른 뒤 나와 둘도 없는 친구가 되었다. 우리 셋은 여름방학 때 우리 집에 모여 밤새도록 놀기도 했다.

여전히 나는 도서관에 자주 가지만 예전만큼은 아니다. 책은 내 벗이기도 했지만, 한편으로는 내게 도피처이기도 했다. 현실에서 겪는 외로움을 책이 위로해 줬다. 이제 나에게 현실에서 도망쳐서 지낼 도피처는 필요 없다. 나는 라면처럼 당당해졌고, 라면처럼 좋은 친구를 많이 사귀었기 때문이다.

∗ ∗ ∗

라면이 내 인생을 바꾸었기에, 라면은 내가 가장 즐기는 기호품이 되었다. 임채린과 함께 PC방에서 라면을 함께 사 먹기도 하고, 집에서 라면 끓이는 법을 연구해 혼자 먹기도 했다. 학교에서도 선생님들 몰래 라면을 종종 먹었는데, 그 맛이 기가 막혔다. 학교에서 라면을 몰래 먹기 위해서는 꽤나 치밀해야 한다. 지환이와 태린이는 나와 함께 몰래 라면을 먹는 공범(^.^)들이다. 우리는 늘 새로운 방법을 연구하여 선생님들 눈을 피해 라면을 먹는다. 이곳에서 그 방법을 다 소개하면 많은 학생들에게 피해가 생길 수 있기에 밝히지는 않겠다.

기발한 방법을 잘 찾아내는 지환이조차 인정할 만한 방법으로 라면 먹을 준비를 해 온 9월 어느 날이었다. 내가 찾아낸 방법에 내 스스로 감탄하며 수업 도중에 몰래 먹을 꿍꿍이에 들떠 있는데, 문득 어떤 애가 눈에 들어왔다. 나에게만 빠져 지내던 예전 같으면 절대 눈에 들어오지 않을 모습이었다. 이름이 '허민규'였는데, 체스를 두지 않는 유일한 녀석이었다. 모두들 체스에 빠져 있을 때도 눈길조차 주지 않고 혼자 지냈다. 수업 도중에 선생님들께 이런저런 지적을 많이 받는 애인데, 2학기 반장으로 뽑힌 안소현에게 잇달아 심하게 구박을 당했다. 선생님들에게 늘 구박을 당하고 지적을 당해도 별 반응이 없던 허민규였는데, 반장인 안소현에게 몇 번 구박을 당한 뒤에는 눈에 띄게 우울해하고 괴로워했다. 그날도 심하게 안소현에게 질책을 당한 뒤, 온몸으로 괴로워하는 허민규에게서 그 옛날 고통받던 내 모습이 겹쳐졌다.

　　그때 내 가방에는 보온병이 2개 있었다. 보온병 하나에는 컵라면을 쪼개서 넣고, 다른 보온병 하나에는 뜨거운 물을 담아 왔다. 라면이 든 보온병에 뜨거운 물을 부으면 곧바로 라면을 먹을 수 있는 상태가 된다. 그러면 라면을 수업 시간에 선생님 앞에서 대놓고 먹어도 들키지 않는다. 선생님 앞에서, 수업 도중에 태연하게 라면을 먹으면 그 맛도 맛이지만 묘한 상황에서 오는 긴장감이 주는 짜릿함이 있다. 짜릿함을 맛보고 싶었지만 나는 애써 먹고 싶은 충동을 내리눌렀다. 아무래도 보온병 라면은 힘들어하는 허민규에게 주는 게 맞는 듯했다.

나는 쉬는 시간에 허민규에게 보온병 2개를 내밀었다.

"뭔데?"

허민규는 귀찮아하며 대꾸했다.

"이거는 라면!"

내가 말했다.

"보온병이잖아?"

허민규는 머리를 흔들어 눈을 가리는 머리카락을 치웠다. 보온병을 더 자세히 보기 위한 동작처럼 보였다.

"이 안에 라면이 있거든."

나는 허민규만 들리게 비밀을 전했다.

"이걸 왜 나한테……."

허민규는 눈을 껌벅거렸다. 다시 눈을 덮을 듯 내려온 머리카락이 흔들렸다.

"너 먹으라고. 여기 뜨거운 물 있으니까 부으면 바로 먹을 수 있어."

나는 물이 든 보온병을 라면이 든 보온병에 붓는 시늉을 했다.

"수업 시간에 선생님 보는 데서 몰래 먹어. 그럼 더 짜릿할 거야."

설명을 끝내고 나는 짓궂게 웃었다.

"색다른 맛이긴 하겠다."

허민규가 따라 웃었다.

"너처럼 색다른 녀석한테 딱 어울리지."

왜 교실에서는 색다른 라면을 즐겨야 할까?

허민규(중3 남학생)

0 1

선생님들은 나를 이상한 놈 취급한다. 엄마 아빠도 내가 이상하다며 늘 걱정에 잔소리다. 살아오면서 이상하다는 소리를 여러 어른들에게 참 많이 들었지만 나는 그 말을 귀담아 듣지 않았다. 내가 이상하다기보다는 나를 이상한 사람 취급하는 사람들이 더 이상하다고 여겼다. 그러다 2학기에 반장이 된 안소현에게 이상한 놈이란 취급을 몇 번 받고 난 뒤, 태어나서 처음으로 내 자신이 좀 이상한 사람이 아닌가 하는 의심이 들었다. 나는 이상한 놈일까?

0 2

세 살 때였다. 세 살이면 13년 전이니 잘 기억이 안 나야 하는데 아주 뚜렷하게 기억이 난다. 여러 가족들이 어울려 해수욕장에 놀러갔다. 숙소는 저층 콘도였는데 단지 안에 건물이 일곱 채가 있었다. 콘도 단지에는 놀이터가 아주 잘 꾸며져서 굳이 해수욕장에 가지 않아도 놀기에 아주 좋았다. 무엇보다 콘도 단지는 외부와 분리된 높은 담장에 출입구가 하나밖에 없고, 출입구에는 관리인이 늘 출입자를 감시하기에 세 살밖에 안 된 나도 길을 잃을 염려가 없어 엄마도 안심하고 나를 놀이터에 내보내 주었다.

첫째, 둘째 날은 아주 신나게 놀았고 별 다른 일이 없었다. 셋째 날, 역시 나는 엄마에게 허락을 얻어서 놀이터에서 놀았다. 놀만큼 논 나는 다시 숙소로 들어가려고 하는데 숙소가 약간 헷갈렸다. 그 바람에 B동 105호가 아니라, C동 105호로 들어가고 말았다. C동 105호로 들어가자마자 나는 숙소를 잘못 들어왔다는 사실을 알아차렸고, 내가 가야 할 숙소도 기억해 냈다. 그렇지만 거기에는 내 또래 남자애가 있었고, 우리는 죽이 맞아서 숙소 안에서 신나게 놀았다.

내가 한껏 즐거운 시간을 보낼 때, 엄마는 지옥 속을 헤매고 있었다. 엄마가 머무는 숙소에서 놀이터가 훤히 보여서 나를 종종 확인했는데, 잠깐 한눈을 파는 사이에 내가 사라져 버린 것이다. 근처에 있겠거니 했는데 계속 내가 안 보이자 엄마는 놀라서 나를 찾아 나섰다. 관리실에서는 단지를 빠져나간 아이가 없다고 하고, 콘도 단지 곳곳을 뒤졌지만 내가 보이지 않으니 엄마는 끔찍한 상상에 빠졌고, 콘도 단지는 한바탕 뒤집어졌다. 몇 시간 뒤에 내가 아무렇지도 않게 나타나자 엄마는 펑펑 울면서 나를 꺼안았다. 나중에 상황을 알게 된 엄마는 어처구니없어 하며 나를 나무랐다. 아마 이 사건을 겪으며 엄마는 처음으로 나를 이상한 녀석이라고 생각한 것 같다.

03

네 살 때도 비슷한 사건이 벌어졌다. 집에서 잘 놀던 나는 무슨 바람이 불었는지 갑자기 집을 나가서 바로 위층에 있는 집으로 갔다. 물론 엄마에게는 말도 하지 않았다. 윗집에 사는 형과는 평소에도 자주 놀았고, 엄마들끼리도 종종 어울릴 만큼 가까운 사이였다. 윗집에서 나와 그 형은 신나게 놀았다. 한참 정신없이 노는데 밖에서 경찰차 소리가 요란스럽게 울렸다.

"형, 저기 봐! 경찰차가 3대나 왔어."

"와, 그러네! 뭔 일 있나?"

"경찰 멋있지 않아! 난 커서 경찰이 될 거야."

경찰차를 본 우리는 경찰과 도둑 놀이를 하면서 또다시 즐겁게 놀았다.

그런데 알고 보니 그 경찰차는 바로 나 때문에 출동한 것이었다. 집에서 멀쩡하게 놀던 내가 갑자기 사라져 버린 걸 안 엄마가 이곳저곳을 찾다가 경찰에 신고한 것이다. 경찰차가 3대나 출동해 아파트 일대

를 수색하고, 아파트 관리실에서 여러 차례 방송을 했지만 놀이에 푹
빠진 나와 형은 방송을 전혀 귀담아 듣지 않았다. 심지어 형네 엄마도
방송을 제대로 듣지 않았다. 그 형과 신나게 놀고 저녁 먹을 시간이 되
어 집에 내려왔더니 또다시 엄마가 펑펑 울면서 나를 껴안았다.

물론 앞뒤 사정을 파악한 뒤에는 또 나를 심하게 나무랐다. 엄마는
세 살 때 일을 거론하며 나한테 이상한 짓 좀 그만하라고 다그쳤다. 나
는 그러겠다고 했지만 속으로는 의문이 들었다. 아들이 잠깐 안 보인
다고 아는 집에 연락도 안 해 보고 경찰에 신고하는 엄마가 이상한 걸
까, 말없이 아주 친한 윗집으로 놀러 간 내가 이상한 걸까?

04

다섯 살이 되자 유치원에 갔다. 나는 유치원에 적응을 아주 잘했다.
친구들도 좋았고, 선생님들도 참 좋았다. 그렇지만 선생님들이 해 주
신 이야기는 조금 이상했다. 처음 의문이 생긴 이야기는 『늑대와 일곱
마리 아기 양』이었다. 늑대는 아기 양 여섯 마리를 통째로 삼켜 버렸다.
일곱 째 양은 시계 상자에 숨어서 먹히지 않았다. 나중에 엄마 양이 가
위로 늑대 배를 갈라서 여섯 아기 양을 구한 뒤 늑대 배 속에 돌멩이를
넣었고, 늑대는 갈증이 나서 물을 마시려다 무거운 돌 때문에 빠져서
죽고 만다. 유치원 선생님은 낯선 사람에게 문을 열어 주거나, 길거리
에서 함부로 따라가면 큰일 난다는 교훈을 담은 동화라며 우리에게 안
전의식을 강조하면서 이야기를 마무리했다.

선생님 말씀을 듣고 나는 의문이 들었다. 내가 생각하기에 『늑대와 일곱 마리 아기 양』 이야기에서는 음식을 꼭꼭 씹어 먹어야 한다는 교훈이 가장 중요해 보였다. 만약 늑대가 통째로 아기 양을 삼키지 않고 꼭꼭 씹어 먹었더라면 엄마 양은 감히 늑대 배를 가를 엄두를 내지 못했을 것이다. 아무 데서나 잠을 자면 안 된다는 교훈도 중요해 보였다. 늑대가 들판에서 잠들지 않았다면 배가 갈리는 일도 없었을 것이다.

선생님께 이렇게 말했더니 선생님이 나를 이상하게 취급했다. 친구들도 깔깔거리며 나를 비웃었다. 그렇지만 아무도 내게 내 의견이 왜 이상한지 말해 주지는 않았다. 도대체 내 의견이 뭐가 이상하다는 건지 아직도 잘 모르겠다.

05

옛이야기에는 '옛날 옛날 먼 옛날에 호랑이 담배 피던 시절'이란 구절로 문을 여는 이야기가 많다. 얼마나 호랑이가 담배를 많이 피웠으면 옛이야기마다 호랑이가 담배를 피웠다는 문구가 나오겠는가? 그래서 나는 호랑이가 담배를 많이 피워서 멸종 위기에 처했다고 믿게 되었다. 옛이야기에 늘 나올 만큼 호랑이는 담배를 많이 피웠고, 그 바람에 건강을 해친 호랑이는 멸종 위기에 처하게 된 게 분명했다. 호랑이가 담배를 만들 리는 없으니 호랑이에게 담배를 판 사람을 처벌해야 한다고 생각했다. 유치원 선생님께 내 의견을 말씀드렸더니 선생님은 말도 안 되는 소리 말라며 나를 나무랐다. 내 의견의 어떤 부분이 이상하다는 설명도 없이 엉뚱한 생각이라고 단정해 버리니 나로서는 답답한 노릇이었다.

06

유치원에서 공원으로 체험학습을 갔을 때였다. 차에서 내리기 전에 선생님은 우리에게 주의사항을 몇 가지 알려 주었다. 뻔하긴 했지만 꼭 지켜야 할 규칙이었기에 주의사항을 귀담아 듣는데 선생님이 아주 무서운 말을 했다.

"화장실에 갈 때는 짝이랑 꼭 손을 잡고 가요. 혼자서 화장실을 가면 납치범이 잡아가서 너희를 노예로 부려 먹으면서 막 때리고 밥도 안 줄 거야. 그러니까 꼭 손잡고 가야 돼요. 알았죠?"

여섯 살밖에 안 된 나에게는 무시무시한 협박이었다. 다른 애들도 무서워하며 짝으로 맺어진 친구와 손을 꼭 붙잡았다. 나는 한편으로는 무서우면서 또 한편으로는 호기심이 일었다.

'혼자 화장실 가면 정말 납치범이 잡아갈까?'

'납치범이 잡아가면 노예로 부려 먹고 밥도 안 주고 막 때릴까?'

나는 두려움도 컸지만 호기심이 더 컸다. 갈등을 거듭하던 나는 마침내 짝꿍을 두고 혼자 몰래 화장실에 다녀왔다. 혹시 너무 빨리 다녀오면 납치범이 나를 못 볼지도 모른다고 여겨서 화장실에서 꽤나 오래 머물렀다. 그러나 선생님 말씀과 달리 납치범은 나타나지 않았고, 나는 무사히 돌아왔다.

"뭐야, 어디를 혼자 갔다 왔어?"

짝꿍은 내가 다시 나타나자 투덜거렸다.

"화장실에."

"선생님이 혼자 가지 말랬잖아. 납치범이 잡아간다고."

"그래서 갔다 와 봤어. 납치범은 없어. 그냥 선생님이 협박한 거야."

참 이상하다. 나는 진실을 밝혔고, 선생님이 거짓말쟁이임이 드러났는데 짝꿍은 그런 나를 선생님에게 고자질했다. 선생님은 내가 규칙을 어겼다면서 심하게 나를 나무랐다.

내가 이상한 사람일까? 아무리 따져 봐도 내가 이상한 사람 같지는 않다. 진실을 듣고도 선생님에게 고자질한 짝꿍과 유치원생에게 거짓말로 협박을 한 선생님이 더 이상한 사람이 아닐까?

07

그밖에도 유치원 선생님들에게 지적받은 말과 행동은 수도 없이 많다. 그러다 보니 유치원 선생님들은 나를 이상하다며 엄마 아빠에게 종종 말했고, 그때마다 엄마 아빠는 걱정을 하며 나에게 엉뚱한 짓 좀 벌이지 말라고 신신당부를 했다. 나는 그럴 때마다 그러겠다고 답했지만, 고쳐지지는 않았다. 그럴 수밖에 없었다. 내가 보기에는 내가 아니라 주변 사람들이 이상했기 때문이다. 아무리 잔소리를 듣는다고 해도 내가 정상이 아니라고 판단한 행동을 안 할 수는 없었다.

08

초등학교 1학년 때 신발주머니 던지기 놀이에 빠진 적이 있다. 빙글빙글 돌리다가 하늘 높이 던져서 다시 받는 놀이였는데 무척 재미있었다. 가끔 선배들 머리를 맞혀서 혼나기도 하고, 신발주머니가 나무에 걸려서 어른들이 내려 주기도 했는데 그런 곤란한 상황도 재미있었다. 거리를 걷다가 집어던졌는데 신발주머니가 버스 지붕 위에 떨어졌을 때는 버스가 그대로 가 버려서 신발주머니를 잃어버리기도 했다. 학교 옆에 흐르는 개천에 빠져서 신발과 신발주머니가 망가지기도 했다.

한번은 집 근처 공사장을 지나면서 신발주머니를 던지고 받기를 하다가 콘크리트를 붓는 곳에 신발주머니가 떨어져 버렸다. 공사를 하시던 분들은 난리가 났다. 나는 심하게 혼이 났다. 나는 공사보다는 내 신발주머니가 걱정이었고, 가장 아끼는 신발주머니에 콘크리트가 묻어 쓸 수가 없게 되자 가슴이 많이 아팠다. 신발주머니를 많이 잃어버리고 망가뜨리자 엄마는 점점 더 화를 많이 내셨고, 결국 즐거웠던 놀이는 포기할 수밖에 없었다.

신발던지기 외에도 여러 가지 놀이를 많이 즐겼는데, 대부분 크고 작은 사고가 나면서 금지당하고 말았다. 나는 그저 즐거워서 놀았을 뿐인데, 왜 엄마는 툭하면 내 놀이를 못 하게 금지하는지 이해할 수 없었다.

09

나는 머리를 여러 번 다쳤다. 유치원 때 처음 머리를 다쳤는데, 유치원 안에서 우당탕탕 뛰다가 열린 문 모서리에 이마가 세게 부딪쳐서 찢어졌다. 크게 다치진 않았지만 무척 아팠고, 심지어 꿰매기까지 했다.

초등 2학년 때는 아주 심하게 다쳤다. 거실에서 TV를 보며 혼자 신나게 놀았다. 화면에서는 변신 로봇과 악당이 싸웠는데 나는 악당을 응원했다. 맨날 악당이 져서 불쌍했기 때문이다. 내 응원을 받아 악당은 점점 힘을 냈고 변신 로봇이 위기에 처했다. 드디어 내 소원대로 악당이 이기나 싶었는데 변신 로봇이 또다시 변신을 했다. 한참 소리를 지르며 변신을 하는데 악당은 가만히 지켜보기만 했다. 속이 탔다. 변신을 하는 바로 그 순간에 공격을 하면 되는데, 그대로 가면 변신 로봇이 더 강해지는데, 왜 가만히 지켜만 보는지 안타까웠다.

나는 방방 뛰면서 악당에게 공격하라고 소리를 질렀다. 악당은 내 말을 듣지 않았다. 마침내 변신 로봇은 새롭고 강한 모습으로 탈바꿈했고, 내 걱정대로 악당은 변신 로봇에게 패배하고 말았다. 나는 무척 열이 받아서 승리를 선언하며 기뻐하는 변신 로봇을 공격했다. TV속 변신 로봇은 나보다 작았기에 만만해 보였다. 나는 세차게 내달리며 TV속 변신 로봇을 향해 새롭게 장만한 장난감 칼을 휘둘렀다. 내 칼은 정통으로 TV속 변신 로봇을 타격했다.

변신 로봇이 쓰러졌다. TV도 쓰러졌다. 나도 쓰러졌다. TV는 바닥으로 떨어지며 박살이 났고, 나는 넘어지는 TV를 피하다 넘어져서 장식장에 이마를 찌었다. 온 힘을 다해 변신 로봇을 공격했기에 그 관성으로 인한 충격은 꽤나 강했다. 와장창 깨지는 소리가 나자 엄마가 거실로 뛰어나왔다. 엄마는 거실에 쓰러진 TV를 보고 화를 냈다. 그러다 내 이마에서 흐르는 피를 보고는 소스라치게 놀라더니 나를 병원으로 급하게 데리고 갔다. 유치원 때보다 더 심하게 다쳐서 아주 큰 흉터가 생겼다. 바로 그 흉터 때문에 나는 앞머리를 늘 길게 기른다.

초등 3학년 때 또다시 이마를 다쳤다. 내 앞에서 반 친구가 보드를 타고 가는데 장난을 치고 싶었다. 쪼르르 달려가서 보드 뒤를 세차게 발로 눌렀다. 보드를 타던 친구가 넘어졌고, 보드가 튕겨 나갔다. 그 친구가 넘어지면서 나를 건드렸고 그 바람에 나도 넘어졌는데, 하필이면 보드의 끝부분과 내 이마가 충돌하고 말았다. 또다시 이마에 상처가 생겼다.

초등 4학년 때는 죽을 뻔한 적도 있다. 한창 자전거 타기를 즐겼다. 제법 잘 타서 남들이 못 하는 재주도 부릴 줄 알았다. 자전거를 타는데 계단이 보였다. 자전거를 타고 계단을 내려가 보면 어떨까 하는 생각이 들었다. 자전거를 타고 계단 위에서 곧바로 내려왔다. 서너 계단은 아주 잘 내려갔는데 앞바퀴가 휘청 하더니 자전거가 넘어졌고, 나는 자전거에서 떨어졌다. 계단 경사가 꽤나 깊었는데 넘어진 나는 머리를 통! 통! 통! 찧으며 계단 아래로 굴렀다. 다행히 안전모를 쓰고 있어서 찢어지거나 깨지지는 않았지만 충격이 무척 컸다. 한동안 쓰러져서 일어나지 못할 지경이었다. 자전거 앞바퀴도 틀어져서 망가져 버렸다. 집까지 가는 길이 무척 힘들었다. 겨우 집에 들어가서 엄마에게 계단에서 굴렀다고 했더니 엄마는 또다시 소스라치게 놀라며 나를 병원으로 데려갔다. 나는 괜찮다고 했지만 의사 선생님은 혹시 모를 충격을 걱정하며 입원하라고 했고, 나는 일주일 동안 병원 신세를 졌다.

10

엄마는 내가 어릴 때부터 머리를 여러 번 다쳐서 이상해진 게 아닌가 하며 가끔 걱정을 하는데, 내가 보기에 나는 머리를 다치기 전이나 뒤나 전혀 달라지지 않았다. 거듭 말하지만 나는 여전히 내가 아니라 다른 사람들이 이상해 보인다.

11

나는 게임이 재미없다. 처음에는 재미있지만 조금 하고 나면 지루했다. 남이 정해 놓은 틀 안에 갇혀서 발버둥치는 꼴이 우스웠다. 남자애들은 그런 나를 이상한 사람 취급했다. 하도 남자애들에게 이상하단 소리를 많이 들어서 게임에 재미를 붙여 보려고 애썼지만, 결국 실패했다. 재미를 억지로 붙일 수는 없었다.

12

엄마 아빠는 나한테 이상한 짓 좀 그만하라고 늘 잔소리다. 똑같은 잔소리라 신선하지 않아서 첫 몇 마디를 들으면 무슨 말이 나올지 다

안다. 그런데도 끈질기게 똑같은 말을 반복하시는 엄마 아빠는 아무래도 창의력이 모자라든지, 인내심이 대단하신 듯하다.

엄마 아빠는 나더러 이상하다고 하지만, 솔직히 말해서 학교에는 이상한 애들이 아주 많다. 학교에는 온통 이상한 애들뿐이다. 그에 비하면 나는 아주 평범하다. 못 믿겠다면 중학교 1학년 때 같은 반인 애들을 몇 명 소개해 줄 테니 누가 더 이상한지 판단해 보기 바란다.

신유리는 부자라고 늘 자랑했다. 아주 비싼 집에 살고, 옷도 비싸고, 멀쩡한 휴대전화도 툭하면 바꾸고, 학용품도 비싼 외제만 썼다. 애들에게 돈도 많이 썼다. 자기보다 조금이라도 비싼 물건을 누가 갖고 오면 기어코 그보다 비싼 물건을 구입해서 기를 누르려고 했다. 신유리는 물건이 비싸면 자기도 비싼 사람이 되는 줄 아는 듯했다. 인격보다 물건에 집착하는 신유리는 무척 이상한 애였다.

최수혁은 장난이 심했다. 수업 시간에 뜬금없이 사투리를 쓰거나 아무도 못 알아듣는 외계어를 썼다. 진지한 분위기인데 갑자기 똥 얘기를 해서 분위기를 흐트러뜨리기 일쑤였다. 쉬는 시간마다 장난을 치고, 아무 때 아무에게나 농담을 던졌다. 웃기지 않으면 안 되는 집착증에 빠진 최수혁은 무척 이상한 애였다.

박경호는 책만 봤다. 교실에서 늘 책만 읽었다. 틈만 나면 사라지는데 늘 도서관에 박혀서 지낸다는 말을 들었다. 친구와 대화도 없고 오직 책만 붙잡고 사는 놈이었다. 책을 좋아한다기보다 책에 빠져서 허우적거리는 중독자 같았다. 책만 읽는 박경호는 아무리 봐도 이상한 녀석이었다.

이진석은 '잘난척쟁이'였다. 수업 시간에 조금 어려운 말이나 지식이 나오면 '너희들 모르지? 이게 뭐냐면~' 하면서 지식 자랑을 했다. 자랑만 하면 괜찮은데 툭하면 남을 깔봤다. '이거 수능 필수 단어야. 이런 단어도 모르고 대학은 가겠냐?' 이렇게 사람을 깔보는데 듣고 나면 무척 기분이 나쁘다. 잘난 척하고 남을 깔보는 이진석은 이상한 애였다.

윤민후는 바보다. 공부를 못한다고 해서 비난하거나 깔볼 생각은 없다. 내가 윤민후를 이상하다고 생각하는 까닭은 공부를 못하는데 그걸 자랑하기 때문이다. 국어 시험에서 한 개 맞아 놓고는 이곳저곳에 떠벌리고 다니며 자랑을 했다. 시험 못본 게 부끄러워할 일은 아니지만 자랑할 일도 아닌데 뭐가 그리 자랑스러운지 모르겠다. 공부뿐 아니라 잘못해서 야단을 맞고 나면 꼭 자랑을 했다. 못남을 자랑하는 윤민후는 정말 이상한 애였다.

이응철은 지저분했다. 머리는 삐죽삐죽 사방팔방을 찌르고, 비듬도 많았다. 가까이 가면 냄새도 났다. 집안 사정이 안 좋아서 그런 줄 알았는데 그것도 아니었다. 도대체 왜 안 씻고 다니는지 모르겠다. 말로는 씻었다고 하는데 내가 보기엔 일주일에 한 번도 안 씻는 듯했다. 지저분한 이응철은 참 이상한 애였다.

하혜미는 엄청 똑똑하다. 전교에서 가장 똑똑하다. 하나라도 틀리면 미친 듯이 파고들었다. 선생님이 외우라고 하면 무조건 다 외웠다. 하나라도 틀리면 하늘이 무너지고 땅이 꺼진 듯이 괴로워했다. 승부욕도 아주 강해서 사소한 내기에서라도 패배하면 다시 이기려고 이를 악물고 달려들었다. 뭐든지 이기려드는 하혜미를, 완벽하지 않으면 안 된다고 여기는 하혜미를 어른들은 무척 대단하다고 평가했지만, 내가 보기에는 가장 이상한 애였다.

이희진은 순진했다. 다른 사람 말은 뭐든 다 믿었다. 특별히 그럴 듯한 말로 속이지 않아도 되었다. 그냥 아무 말이나 하면 그대로 믿어 버렸다. 그래서 함부로 속이지도 못한다. 사람을 아무 의심 없이 무조건 믿는 이희진은 착하기보다 이상하다고 봐야 한다. 아직도 순진함을 못 버린 이희진이 아무 말이나 믿다가 큰일을 당할까 봐 걱정이다.

김아현은 삐쩍 말랐다. 아기돼지 삼형제 동화에 나오는 늑대가 나와서 입으로 후~ 불면 태평양 너머로 날아가 버릴 것 같았다. 그럼에도 툭하면 자기가 살이 쪄 보인다고 투덜거렸다. 안경도 안 쓴 애가 자기 몸이 어떤지도 모르다니, 정말 이상했다.

이서희는 미인이다. 거의 연예인 급이다. 남자애들은 이서희가 나타나면 눈을 떼지 못한다. 머리는 조그맣고 키는 크고 다리도 길다. 그렇게 예쁜 애가 입만 열면 자기 못생기지 않았냐고 묻고 다녔다. 스무 살 되면 바로 성형수술 할 거란다. 왜 그런지 모르겠다. 정신이 이상한 걸까?

박민철은 시비꾼이었다. 툭하면 애들을 건드리고 못살게 굴었다. 싸움도 별로 못하는 녀석이 왜 그랬는지 모르겠다. 어쩌다 싸움이 붙으면 처참하게 깨졌다. 박민철이 시비를 걸고 다니는 힘은 다른 반 일진에게 있다. 그 일진과 박민철은 아주 친했다. 토끼가 호랑이 위세를 빌려서 힘센 척하는 꼴이었다. 힘센 친구를 등에 없고 남을 괴롭히는 박민철은 정신이상자가 분명했다.

김도희와 강경민은 엄청 먹어 댔다. 점심시간에 먹는 모습을 보면 방송에서 잘 먹는다고 나오는 연예인보다 더 많이 먹는 것 같다. 그 많은 음식이 다 어디로 들어가는지 모르겠다. 먹어도 먹어도 배가 고픈 듯 먹어 치우는 김도희와 강경민은 사람이 아니라 괴물이었다.

신미혜는 고집불통이었다. 자기 원하는 대로 안 되면 떼를 쓰고 짜증을 냈다. 선생님들 앞에서는 얌전한 척하지만 애들과 같이 있으면 막무가내였다. 서너 살 때 엄마에게나 할 짓을 중학생이 되어서 하고 있으니, 아무리 봐도 정신에 이상이 있어 보였다.

이철환은 아재다. 틈만 나면 아재 개그를 했다. 쉬는 시간에 가만히 있는데 내 귀에 대고 아재 개그를 하고는 도망친 적도 있다. 학교 홈페이지에도 툭하면 아재 개그를 올렸다. 왜 그러고 사는지 모르겠다.

이예은은 화장을 잘한다. 틈만 나면 화장을 하고, 늘 거울을 보면서 자기 얼굴을 살폈다. 이예은은 맨얼굴을 절대 보여 주지 않았다. 자기 얼굴로 살지 못하고, 늘 꾸며진 얼굴만 보이려는 이예은이 이상한 애가 아니면 누가 이상한 애일까?

대충 살펴봤지만 이 외에도 정말 이상한 애들이 많다. 이 애들에 견주면 나는 아주 평범한 중학생이다.

13

엄마 아빠가 날 이상하다고 여기는 까닭은 선생님들 때문이다. 선생님들이 나를 이상하게 취급하고, 엄마 아빠에게도 그런 말을 자주 하시니 엄마 아빠도 그 영향을 받아서 나를 이상한 애로 여긴다. 그런데 내가 보기에는 이상한 선생님들이 참 많다. 아무래도 선생님들이 이상하다 보니 이상한 애들을 괜찮다고 생각하고, 괜찮은 나를 이상하다고 생각하는 게 아닐까? 삐딱한 눈으로 보면 삐딱한 게 바르게 보이고, 바른 게 삐딱하게 보이기 마련이니까.

14

중학교 1학년 때, 여러 선생님이 나를 이상한 애로 취급했는데 그 가운데 체육 선생님이 단연 으뜸이었다. 체육 시간마다 내가 말썽을 부린다며 1학년 담임 선생님과 우리 엄마 아빠에게 하소연하기도 했다. 체육 선생님이 나를 이상하게 여기는 까닭은 내가 경쟁을 하지 않고, 이기려고 들지 않기 때문이었다.

나는 스포츠 경기를 할 때 왜 꼭 이기려고 바락바락 애를 써야 하는지 모르겠다. 지면 안 되나? 학생들은 이겨야만 돈을 더 많이 버는 프로 선수가 아니다. 그러니 경기를 즐기기만 하면 충분하다고 생각한다. 상대를 이기려고 하면 충분히 재미를 누릴 수 없고, 진 쪽은 무척 억울하고 복수심에 휩싸이기도 한다. 도대체 그런 짓을 왜 해야 한단 말인가?

그래서 나는 천천히 달리고, 상대가 원하면 상대 편에게 공을 넘겨 주기도 했다. 나 때문에 내가 소속한 모둠은 경기에 진적이 많다. 나는 져도 신나게 경기를 즐기면 된다고 생각하는데 다른 애들이나 선생님들은 그러지 않은 모양이었다. 내가 경기를 즐기면서 하고, 상대방을 도와주면 선생님은 나를 마구 혼냈다. 그래서 1학년 내내 체육 시간만 되면 체육 선생님께 혼이 났다.

15

중학교 2학년 때는 담임 선생님에게 맨날 혼났다. 나는 VIP였다. 수업 때 딴짓을 많이 한다고 나를 선생님 자리 바로 앞에 앉게 했는데, 그 자리를 VIP석이라고 불렀다. 그래서 내 별명이 VIP가 되었다. 담임은 다른 선생님들에게도 나를 요주의 대상이라고 알려 주어서 내가 늘 감시당하게 만들었다.

솔직히 말하면 무척 억울하다. 나는 수업 때 딴짓을 하지 않았다. 2학년이 되면서 마음을 고쳐 먹고 열심히 학교 생활을 하려고 했다. 가장 먼저 한 결심이 질문이었다. 엄마가 건네 준 학습법 책을 보니 질문을 많이 하면 좋다고 하였다. 그래서 선생님께 질문을 했다. 모든 선생님께 질문을 하기는 어려워서 담임 선생님 수업 때 최대한 적극적으로 질문을 했다. 그랬더니 담임 선생님이 수업을 하다 말고 짜증을 냈다.

"수업 방해 좀 그만 해라!"

나는 학습법에서 배운 대로 질문을 했는데, 담임 선생님은 내가 수업을 방해한다고 판단했다. 유대인들은 무엇을 배웠는지보다 무엇을 질문했는지를 더 중요하게 여긴다는데 담임 선생님은 유대인 교육법을 모르는 듯했다. 그래서 내가 그 사실을 말해 주었더니 담임 선생님은 더 크게 화를 냈다. 나는 그냥 배운 대로 했을 뿐인데, 사실 대로 말했을 뿐인데, 내 질문이 수업 내용에서 벗어나지도 않았는데, 도대체 왜 담임 선생님은 화를 냈을까? 아직도 영문을 모르겠다.

아무튼 그 뒤로 나는 아예 질문을 하지 않는다. 또다시 야단을 맞고 싶지는 않기 때문이다. 궁금증이 생겨도 꾹 참았다. 묻고 싶은 것들이 미친 듯이 샘솟았지만 꾹꾹 눌렀다. 그 대신 수업을 들으며 나름 혼자서 질문하고 답을 찾으려고 머리를 굴렸다. 그런데 내가 아무런 질문도 안 하니 이번에는 수업에 참여 안 한다고 담임 선생님이 화를 냈다. 특히 내가 잠을 잔다고 오해를 많이 했다. 나는 절대 잠은 안 잔다. 이것저것 생각할 게 많은데 왜 자겠는가? 그런데 담임 선생님은 늘 내가 잔다고 했다. 내 눈이 작은 걸 어떻게 하란 말인가? 머리가 눈을 가리게 기른 건 이마에 난 상처 때문인데 어쩌란 말인가? 작은 눈과 눈을 가린 머리카락 때문에 나는 늘 졸고 잠만 자는 애로 취급당했다. 그렇게 나는 VIP가 되었고, 말썽쟁이로 찍히고 말았다.

16

나는 뭐든 금방 질린다. 관심이 오래 가지 않고 끊임없이 바뀐다. 뭘 하다가도 관심이 옮겨가면 곧바로 싫증을 내고 다른 데 빠진다. 그런 내가 꾸준히 한 게 딱 하나 있다. 바로 숙제 안 하기다. 숙제 안 하기는 무척 재미있다. 그래서 꾸준히 숙제를 안 해 갔다. 할 수도 있고, 머리로는 하더라도 절대로 숙제를 내지는 않았다. 숙제를 하고 싶은 유혹이 끝없이 생겨났지만 꾹 참았다. 숙제를 하고 싶을 때가 무척 많았지만 꾹 참았다. 이거 하나만큼은 끈질기게 해내고 싶었다.

내가 얼마나 끈기 있게 숙제를 안 해 가려고 노력하는지도 모르면서 선생님과 부모님은 나를 늘 끈기가 없다면서 나무란다. 중학교를 다니는 내내 나는 숙제 안 하는 게으르고 무책임한 학생으로 찍혔다. 무척 억울하다.

가만히 따져 보면 숙제는 참 어처구니없는 짓이다. 학교는 학생을 가르치라고 있다. 그러면 학교에서 학생을 다 가르쳐야지 왜 숙제를 내 줘서 집에 가서 뭘 하게 할까? 집에서 할 거면 그냥 집에 가서 혼자 공부하지 학교에 왜 가겠는가? 학원도 마찬가지다. 돈까지 내고 따로 배우러 가는데 왜 숙제를 내 줘서 혼자 공부하게 하는지 모르겠다. 선생님이나 부모님께 이런 질문을 던졌다가 구박을 여러 번 당했는데, 나를 진지하게 납득시키는 어른은 한 명도 없었다.

라면 먹고 힘내

17

3학년 담임 선생님은 그나마 학교에서 사회 선생님 다음으로 괜찮은 분이다. 나를 이상한 애로 취급하지도 않고, 내가 숙제를 안 해 와도 무책임한 학생이라고 나무라지도 않으신다. 그냥 수많은 학생 가운데 한 명 정도로 바라보신다. 내가 유치원부터 이제껏 만난 선생님 가운데 나를 이상하게 취급하지 않은 첫 선생님이시다. 사회 선생님은 담임 선생님보다 더 좋다. 사회 선생님은 내가 엉뚱한 질문을 해도 그대로 받아 주신다. 내 질문이 수업 방향에 어긋날 경우 정중하게 내 양해도 구하신다.

"좋은 질문이야. 그리고 그 질문에 답을 하면 수업에서 가르쳐야 할 대목을 못 하게 돼. 오늘은 그냥 수업하고, 나중에 따로 그 질문에 답해 줄게. 괜찮지?"

사회 선생님이 그렇게 말씀해 주시니 나는 무척 기뻤다. 물론 나는 기다릴 수 있다. 사회 선생님은 다른 어른들과 달리 한 번 말하면 꼭 지키시기 때문이다. 나중에 사회 선생님을 찾아가면 아주 자세히 내 질문에 답을 해 주신다. 내가 별 이상한 질문을 해도 다 받아 주신다. 나는 사회 선생님을 존경한다.

나는 사회 선생님과 3학년 담임 선생님을 제외하면 우리 학교 선생님들은 조금씩은 다 이상하다고 생각한다.

18

담임 선생님과 사회 선생님만 나를 이상하게 취급하지 않는다. 그렇다는 말은 다른 선생님들은 여전히 나를 이상한 애 취급을 한다는 뜻이다. 그 가운데 나를 가장 이상하게 취급하는 선생님은 수학을 가르치는 한영자 선생님이다.

별 잘못도 안 했는데 한영자 선생님은 학기 초에 나를 찍었다. 첫 수업 때 화장실에 다녀오느라 조금 늦었다. 배가 아파서 어쩔 수가 없었다. 내 이름을 물어보더니 그 뒤로 계속 내가 첫 수업에 지각한 것을 우려먹었다.

"자, 첫 수업부터 지각한 민규가 읽어 보자."

"그래, 지난 시간에 지각한 민규가 해 볼까?"

"지각 민규가 나와서 풀어 볼래?"

"지각 민규! 이제 졸음 민규까지 되려고?"

딱 한 번 지각했는데 한영자 선생님은 나를 늘 지각하는 못된 학생으로 취급했다.

생리현상 때문에 딱 한 번 지각한 학생을 몇 달 동안 '지각 민규'라고 부르며 괴롭히는 선생님이 이상하지 않으면 도대체 누가 이상한 사람일까?

19

아무리 생각해도 한영자 선생님은 정말 이상하다. 한영자 선생님은 종종 수업 시간에 수학이 여러 학문 중에서 가장 중요하다고 연설을 늘어놓는다. 짧게는 몇 분, 길게는 20여 분 가량 연설이 늘어질 때도 있다. 연설을 들을 때마다 한영자 선생님이 참 이상하다는 생각이 든다. 수학이 그렇게 중요하다고 강조하면서 정작 수학 시간에 수학 공부는 안 하고 똑같은 연설을 반복하면서 수학 수업을 스스로 방해하기 때문이다. 본인이 하는 말이 맞다면 그런 연설을 늘어놓을 시간에 수학 공식 하나라도 더 가르쳐 주어야 하지 않을까?

20

나는 분명히 눈을 뜨고 수업을 지켜보는데 한영자 선생님은 내가 잠을 자는 줄 오해하고 분필을 던졌다. 앞서도 말했지만 나는 눈이 작고 앞머리가 길어서 잠자고 있다는 오해를 많이 받는다. 어쨌든 한영자 선생님이 내게 던진 분필은 나를 맞추지 못하고 벽에 맞았다. 조준을 잘하지 못한 건지, 아니면 던지는 실력이 모자라서인지 모르겠다. 아무튼 분필이 엉뚱한 곳으로 날아가자 한영자 선생님은 겸연쩍은지 어색하게 웃고는 엉뚱한 말을 했다.

"어, 저기 파리가 있었는데, 안 맞았네."

파리는 없었고 한영자 선생님은 나를 조준해서 분필을 던졌다. 분필을 던질 때 나와 눈이 마주쳤으니 내 판단이 맞다. 같은 반에 있는 아무

나에게 물어봐도 거짓이 분명한 말이었다. 그곳에 없는 사람에게 물어봐도 마찬가지일 것이다.

"우리 수학 선생님이 수업 도중에 분필을 던져 파리를 잡으려 했어."

이렇게 말하면 아마 다들 그 선생님이 무슨 무술 고수라도 되는 줄 오해하거나, 이상한 선생이라는 반응을 보일 것이다.

선생님이 돼서 뻔한 거짓말을 하다니……. 그래 놓고 우리에게는 툭하면 정직하라고 한다.

21

한영자 선생님은 툭하면 미세먼지 걱정을 하며 문을 못 열게 한다. 그러면서 학교에 이중창을 왜 설치해야 하는지를 힘차게 강조한다. 그런 말은 교장, 교감 선생님 앞에서 하거나, 교육청에 건의를 해야지 왜 우리에게 하는지 모르겠다. 그것도 그 귀한 수학 시간에 말이다.

22

뜬금없는 말이지만, 나는 안소현을 좋아한다.

23

3학년 1학기 반장 선거에 안소현이 나왔는데 선거 연설이 참 마음에 들었다. 다른 후보들은 되지도 않을 공약을 내걸고, 자신이 반장이 되

라면 먹고 힘내

면 반을 천국으로 만들어 버리겠다거나, 앞뒤 맥락 없이 열심히 하겠다고만 하는데 안소현은 달랐다. 연설은 소박하고 담백했다. 그냥 중학교 3학년이 처한 현실을 있는 그대로 말하고, 친구끼리 더 가까워지는 반을 만들겠다는 포부를 밝혔다. 연설을 듣고 나는 감동했다. 안소현이 멋있었다. 안소현에게 투표했지만 많은 애들이 과장된 연설과 뻔한 말을 늘어놓는 후보에게 투표를 했다. 안소현은 부반장도 되지 못했다. 아무튼 그때부터 나는 안소현을 좋아했다. 물론 단 한 번도 좋아하는 티를 내지는 않았다. 그래도 꾸준히 안소현을 좋아했다.

지켜볼수록 안소현은 괜찮아 보였다. 반장 후보로 나와서 한 약속을 반장이 아닌데도 실천했다. 반에서 체스가 유행하자 체스 리그를 만들어 관리한 것도 반장이나 부반장이 아니라 안소현이었다. 안소현은 체스 리그를 고급, 중급, 하급으로 나누고 각 리그 경기를 계획하고 승부를 관리했다. 안소현 덕분에 체스 리그는 확고히 자리잡았고, 체스 열풍은 오래도록 유지될 수 있었다. 체스 외에도 안소현은 반 행사가 있으면 가장 앞장섰다. 잘 참가 안 하는 학생을 설득하고, 능력이 떨어지면 세심하게 도와주었다.

물론 나는 반 행사에 잘 참가하지 않았고, 반 행사에 굳이 참여해야 할 의무 따위는 없다고 생각했지만, 자기가 한 말을 실천하는 안소현이 참 멋져 보였다. 심지어 존경스럽기도 했다.

24

2학기 반장 선거에서 안소현은 다른 후보를 압도하며 반장에 뽑혔다. 나도 안소현에게 투표했다. 안소현이 당선되자 나는 진심으로 기뻤다. 중학생이 되어 학교에서 처음으로 생긴 기쁜 일이었다. 내가 반 행사에 적극 참여할 뜻은 전혀 없었지만 안소현이 반을 잘 이끌어 가기를 바랐다.

25

내가 좋아하는 안소현이 반장이 되어 참 기뻤는데 그 기쁨은 며칠도 지나지 않아 슬픔으로 바뀌고 말았다.

반장이 된 안소현이 가장 먼저 추진한 일은 선생님들께 감사 편지 쓰기였다. 수업에 들어오는 선생님이 생신을 맞으면 감사한 마음을 담은 롤링페이퍼를 모두 함께 써서 드리자고 했다. 뭐 돈이 들어가는 일도 아니고, 거의 모든 준비는 안소현이 하고, 나머지는 그냥 몇 자 끄적거리기만 하면 되기에 다들 좋다고 했다. 나는 굳이 하고 싶지 않았지만 딱히 반대는 안 했다. 이제 2학기라 중학생 시절도 얼마 남지 않았기에 해 봐야 몇 번이나 하겠나 싶었다. 하기 싫은 선생님에게는 안 쓰면 그만이라고 편하게 생각했다.

그런데 안타깝게도 내 예상은 첫 롤링페이퍼 쓰기부터 어긋나고 말았다. 황당하게도 첫 롤링페이퍼 대상이 바로 내가 가장 싫어하는, 아니 나를 가장 싫어하는 한영자 선생님이었기 때문이다. 롤링페이퍼는 안소현과 그림 잘 그리는 애들이 준비했다. 다른 애들은 롤링페이퍼에 뻔한 말들을 늘어놓았다. 나는…… 당연히 쓰지 않았다. 한영자 선생님을 싫어하는 애들이 꽤 되는데 안 쓴 사람은 나밖에 없었다.

"허민규, 너만 쓰면 돼."

안소현이 내게 롤링페이퍼를 내밀었다.

"쓰기 싫은데."

되도록 부드럽게 말했다.

"아니, 왜?"

"축하해 주기 싫으니까."

"뭐?"

안 그래도 큰 눈이 더 커 보였다.

"한영자 쌤은 날 싫어하고, 나도 한영자 쌤 싫어."

"알겠는데, 쓰는 게 어렵지는 않잖아."

"축하해 주기 싫은데 쓸 이유는 없다고 봐."

"한영자 쌤을 싫어하는 애들도 다 썼어."

"걔들이 이상한 거지."

"너만 유별나게 왜 그러니?"

안소현이 나를 유별나다고 말했다. 안소현에게 들으니 유별나다는 말이 가시처럼 날카로웠다. 써 주고 싶은 충동보다 내 신념을 어기고 싶지 않은 의지가 더 강했다.

"그래도 싫어."

"알았어. 그럼 내가 네 이름을 써 넣을게."

"내 이름을 네가 왜 마음대로 써?"

"그럼 너만 빼란 말이야? 그럼 한영자 쌤이 널 알아볼 텐데? 너만 빠지면 꼴도 우습고."

"어차피 찍혔어. 한영자 쌤 싫으니까 내 이름 쓰지 않아도 돼. 만약 내 이름 써서 내면 수업 때 나는 안 썼다고 밝힐 거야."

"이상하게 좀 굴지 마."

이상하다는 낱말은 귀가 따갑게 들었다. 너무 많이 들어서 감각이 무뎌졌다. 그렇지만 안소현에게 들으니 아팠다. 뾰족한 송곳이 내 심장을 마구 찔러 댔다.

내가 그렇게 유별난가? 나는 쓰기 싫은데, 축하해 주기 싫어서 안 쓰는 건데, 그게 그렇게 이상한가? 축하는 참마음으로 해야 하지 않나?

나는 끝까지 거부했고, 결국 롤링페이퍼에는 내 이름이 들어가지 않았다. 수업에 들어온 한영자 선생님은 아주 기뻐했다. 롤링페이퍼를 행복한 표정으로 보더니 롤링페이퍼를 접어서 봉투에 넣기 전에 나를 째려봤다. 내 이름만 없는 걸 눈치챈 듯했다. 예전 같으면 그런 눈길을 받아도 피하지 않았는데 그때는 모른 척하며 눈길을 피해 버렸다.

안소현이 둘째로 벌인 일은 인사하기였다. 수업에 선생님이 들어오시면 '선생님, 사랑합니다', 수업이 끝나면 '선생님, 감사합니다' 하고 인사하자는 제안이었다. 몇몇 애들이 반대했다. 닭살 돋는 짓은 하지 말자고 했다. 나도 싫었다. 그러나 이유는 달랐다.

나는 사랑하지 않는 사람에게 사랑한다는 말을 하면 안 되고, 감사하지도 않은 사람에게 감사하다는 인사를 하면 안 된다고 믿기 때문이다. 사회 선생님과 담임 선생님에게도 '감사합니다'란 인사는 하겠지만, '사랑합니다' 하고 말하지는 못하겠다. 존경은 하지만 사랑하지는 않기 때문이다. 안소현에게는 '사랑한다'고 말하겠지만…….

애들도 처음에는 싫어했지만 안소현이 설득하자 다들 따르는 분위기가 되었다. 나는 끝까지 반대했다. 마지막까지 반대하는 사람은 나뿐이었다. 선생님들은 인사를 받으니 아주 좋아했다. 수업 분위기도 좋아졌다. 효과는 확실히 있었다. 안소현은 선생님들께 칭찬을 듬뿍 들었다. 그건 참 기뻤다. 그러나 나는 절대 인사를 안 했다. 입도 벙긋 안 했고, 고개도 숙이지 않았다. 안소현이 나를 째려보는 걸 느끼면서도 하지 않았다. 나는 진심이 아니면 해서는 안 된다고 굳게 믿었고, 그 신념을 버릴 수는 없었다.

12월 합창대회를 9월부터 준비하자고 안소현이 제안했다. 10, 11월에는 잇달아 시험을 보니 미리 준비하면 좋지 않겠냐는 의도였다. 졸업식을 빼면 중학교에서 친구들과 함께 하는 마지막 행사니 다 같이 힘을 모으자고 했다. 일주일에 두 번씩 점심때 20분쯤 모여서 준비하자고 했다. 취지는 참 좋았다. 연습 시간도 그리 부담스럽지는 않았다. 그러나 나는 싫었다.

1학년 때는 멋모르고 나갔는데 엄청 후회했다. 다시는 나가기 싫었다. 다시는 그런 끔찍한 경험을 하기 싫었다. 그래서 2학년 때는 빠졌다. 2학년 때 빠졌기 때문에 3학년 때도 빠지려고 했더니, 안소현이 절대 안 된다고 막아섰다. 나는 참가할 생각이 없기 때문에 연습에 빠지겠다고 했다. 안소현은 너 한 명 빠지면 다른 애들도 줄줄이 빠지려고 할 거라면서 절대 빠지면 안 된다고 했다.

"하기 싫은 사람은 안 해야지. 수업도 아니고, 축제 때 하는 합창대회면 그냥 스스로 좋아서 해야 하는 거 아냐? 강제로 하면 그게 무슨 축제야?"

몇몇 애들은 나를 은근히 응원했지만, 안소현을 설득할 수는 없었다.

"그런 식이면 도대체 뭘 함께할 수 있는데? 강제로 하라는 게 아니라 학교에서도 모든 학생이 참가하라고 규정이 내려왔어. 이 학교에 다니면 그 규정을 따라야지. 그리고 같이하면 좋은 점이 얼마나 많은데. 좀 맞춰 주면 안 돼? 꼭 네 고집대로 해야겠어?"

나는 안소현과 말다툼을 하지 않았다. 나는 혼자가 좋다. 왜 다들 '모두', '함께'를 더 높이 평가하는지 모르겠다. 첫 연습 때 나는 가지 않았다. 연습이 끝날 때쯤 돌아왔더니 안소현이 또 나를 설득했다. 연습이 얼마나 즐거웠는지 아느냐면서 애들이 즐거워하는 동영상까지 보여 주었다. 둘째 연습 때도 나는 빠졌다. 돌아왔더니 안소현이 인상을 찌푸리며 다시 나를 설득했다. 셋째 연습 때도 나는 빠졌다. 결국 안소현은 나에게 화를 버럭 냈다.

26

이런 일들이 겹치면서 안소현에게 나는 이상한 애로 찍혔다. 내가 좋아하는 여학생에게서 이상한 놈으로 취급당하니 몹시 슬펐다. 나는 내가 이상한 사람이 아니라 다른 사람들이 이상하다고 믿고 살아왔다. 안소현 때문에 내 믿음이 흔들렸다. 어쩌면 그 수많은 사람들이 말하듯이 내가 이상한 놈일지도 모른다. 어릴 때부터 누누이 들어왔던 말이 사실일지도 모른다. 아마 사실일 가능성이 높을 것이다. 나는 정말 이상한 사람인 걸까? 나는 부적응아일까? 내 생각과 믿음은 틀린 걸까?

몹시 우울했다. 내 삶에 처음으로 우울감이 찾아왔다. 이런 적이 없었는데……. 학교를 그만두는 게 나을까? 안소현이 내 삶을 통째로 뒤흔들어 버렸다.

27

또다시 안소현에게 구박을 당했다. 마음이 아프다. 숙제 안 하기는 내가 가장 꾸준히 하는 실천인데 그걸 문제 삼았다. '모든 학생이 다 해 오는데 왜 너만 안 해 와서 우리 반에 오점을 만드느냐' 하고 심하게 구박했다. 왜 내가 숙제를 안 하는지 안소현에게 일일이 설명하지는 않았다. 그냥 대답도 안 하고 잔소리를 꾸역꾸역 삼켰다. 3년을 채우고 싶은데, 안소현이 구박을 하니 포기할까란 생각도 들었다. 그래도 나는 내 신념대로 살고 싶은데……. 어떻게 해야 할지 모르겠다. 괴롭다.

이러지도 저러지도 못하겠다.

괴로워 죽겠는데 불쑥 눈앞에 보온병 두 개가 나타났다. 박경호가 내게 보온병을 건네려고 했다. 박경호는 맨날 책만 읽던 녀석인데 어느 날부터 갑자기 분위기가 바뀌었다. 아마 체스 열풍이 불 때부터였는데 전지환 다음으로 체스를 잘 두면서 애들에게 인기가 많아졌다. 툭하면 책만 보던 녀석이 애들과 어울려 놀고, 친구들과 몰래 라면을 먹기도 했다. 사람은 쉽게 안 바뀌는데 박경호는 그런 점에서 참 특이한 경우에 해당했다.

"뭔데?"

나는 일부러 귀찮은 티를 팍팍 내며 대꾸했다. 우울했기에 아무와도 말을 섞고 싶지 않았다.

"이거는 라면!"

박경호가 말했다.

"보온병이잖아?"

머리카락에 가려 보온병이 잘 보이지 않았다. 나는 보온병을 더 잘 보려고 머리를 흔들어서 눈앞을 가린 머리카락을 치웠다.

"이 안에 라면이 있거든."

박경호는 무슨 큰 비밀이라도 털어놓는 듯 속삭였다.

"이걸 왜 나한테……."

박경호가 친구들과 몰래 라면을 먹는 모습은 가끔 보았다. 몰래 먹으려고 가져 온 라면을 나에게 주다니, 속셈을 어림하기 어려웠다.

"너 먹으라고. 여기 뜨거운 물 있으니까 부으면 바로 먹을 수 있어."

박경호는 물이 든 보온병을 라면이 든 보온병에 붓는 시늉을 했다.

"수업 시간에 선생님 보는 데서 몰래 먹어. 그럼 더 짜릿할 거야."

설명을 끝내고는 박경호는 짓궂게 웃었다.

"색다른 맛이긴 하겠다."

나도 모르게 피식 웃음이 나왔다. 나는 보온병을 건네받았다.

"너처럼 색다른 녀석한테 딱 어울리지."

색다르다는 낱말이 신선하게 다가왔다. 내가 늘 쓰는 '이상하다'는 낱말과는 결이 달랐다.

'색다른 녀석! 색다른 라면!'

뭔가 운명 같은 만남이란 직감이 들었다.

"여기 젓가락! 맛있게 먹어."

28

라면이 든 보온병에 뜨거운 물을 부었다. 뚜껑을 꽉 닫고 잠시 기다렸다. 한영자 선생님이 들어왔다. 조금 이르게 물을 부어서 라면이 퍼지면 어쩌지 하는 걱정을 했지만 어쩔 수 없었다. 수업 도중에 물을 옮겨 붓는 것은 여의치 않기 때문이다. 다른 애들이야 가능할지 모르지만 한영자 선생님이 틈만 나면 나를 주시하기에 나로서는 위험부담이 컸다. 책상에 보온병을 올려놓고 몇 모금씩 마시는 애들이 꽤 있기 때문에 내가 책상 위에 보온병을 올려놓은 건 자연스러웠다. 나는 꼬투리를 잡히지 않으려고 자세를 바르게 하고 수업에 집중하는 척했다. 안전하게 라면을 먹을 기회를 엿봤다. 긴장이 묘한 쾌감을 불러일으켰다. 그때까지 맛보지 못한 쾌감이었다. 라면을 먹으면 얼마나 기쁠지 상상만 해도 가슴이 떨렸다.

한영자 선생님이 몸을 뒤로 돌렸다. 공식 유도 과정을 설명하려고 칠판 쪽으로 몸을 틀었다. 마침내 때가 왔다. 보온병 뚜껑을 열고 따끈한 국물을 조심스럽게 한 모금 마셨다.

세상에~!

천국에서 먹는 음식 맛이란 이런 걸까? 내가 살면서 맛본 그 어떤 국물보다 맛있었다. 내 몸에 들어간 그 어떤 액체도 이런 맛을 낸 적은 없었다. 온몸이 짜릿하고, 기쁨이 넘쳤다. 국물을 먹어도 이 정도인데 면발까지 먹으면 어떨지, 기대감은 이미 교실 천장을 뚫고 치솟았다.

박경호가 준 젓가락은 일반 젓가락보다 훨씬 짧았다. 면을 잡는 게 아니라 끝을 살짝 걸쳐서 면을 끌어올리도록 끝을 깎은 젓가락이었다. 박경호는 준비성이 철저했다. 박경호가 준 젓가락으로 면발을 끌어올려서 입에 넣었다. 얼핏 보기에는 두 손으로 보온병을 잡고 물을 마시는 동작처럼 보이도록 연기했다. 면발이 입에 들어오는데……

그 맛을 표현할 적당한 말을 찾는 것은 내 능력 밖이다.

내 능력으로 특정한 낱말을 골라서 표현을 하면 황홀한 맛에 대한 모독이 될 뿐이다.

가장 어울리는 표현을 군이 찾자면 '신이 주신 맛' 정도가 어울린다.

한입 먹을 때마다 행복했다. 한영자 선생님 수업 때 몰래 라면을 먹으니 그로 인한 긴장감과 짜릿함이 교실 한가득 넘쳐흘렀다. 내 직감이 맞았다. 운명 같은 만남이었다. 보온병 라면은 색달랐다. 색다름이 주는 짜릿함은 평범한 라면이 주는 맛과는 결이 달랐다. 보온병 라면은 이상한 라면이 아니다. 그냥 아주 색다른 라면일 뿐이다.

나도 그렇다.

29

"잘 먹었냐?"

"끝내줬어."

"몰래 먹으니 더 맛있지?"

"짜릿하더라."

"또 생각나면 말해."

"내가 받았으니 나중에 보답할게."

"그래 주면 좋고."

"색다른…… 맛이란 말. 힘이 됐어."

"그래? 나는 널 보며 항상 색다르다고 느꼈는데."

"나도 널 보며 이상…, 아니 색다르다는 느낌 많이 받았어."

"좋은 칭찬이네."

"그게 칭찬이라니, 넌 정말 색다르다."

"히히, 내가 요즘 '니체'(F. W. Nietzeche, 1844~1900) 책을 읽는데 잘 이해는 못 하겠지만……, 니체는 다른 사람처럼 똑같이 살지 말고 색다르게 살라는 주장을 하는 것 같아. 내가 보기에 너는 이미 니체가 말한 대로 살고 있는 듯해."

"니체가 누군지 모르지만, 니체 말대로 내가 살고 있다니, 힘이 되네."

30

박경호를 만나고 용기를 얻은 나는 안소현을 따로 만났다. 그러고는 '나'라는 사람이 어떤지 들려주었다. 토막토막 난 이야기여서 앞뒤 맥락이 잘 맞지는 않지만 안소현은 끝까지 귀담아 들어 주었다. 남들이 이상하게 여길 법한 내 믿음과 가치관도 들려주었다. 내가 왜 롤링페이퍼를 쓰지 않으려고 했는지, 왜 싫어하는 선생님들에게 인사를 하지 않는지도 말했다.

"넌, 참 다르구나."

내 말을 다 듣고 안소현이 한 말이다.

역시 내가 사람은 잘 봤다. 안소현은 내가 좋아해도 될 만큼 멋진 여자였다. 물론 추진력이 지나치게 세다는 점이 마음에 걸리긴 하지만…….

"좋아. 그럼 앞으로 너무 밀어붙이진 않을게. 그 대신 너도 네 고집만 부리지 말고, 같이할 수 있는 일에는 참여하면 좋겠어. 그 정도는 괜찮지?"

물론, 나도 그 정도는 괜찮다.

소현이가 나를 알아주니, 참 기뻤다. 보온병 라면을 먹었을 때처럼.

넉넉한 라면을 먹으면 어떤 일이 벌어질까?

허연지(중1 여학생)

"엄마! 아직 안 끝났어. …… 승은 쌤이 오래 걸린다고 연락했잖아. …… 언제 끝날지 몰라. …… 큰아빠네 벌써 왔어? …… 나라고 오래 끌고 싶겠어? …… 우리끼리만 끝낸다고 되는 게 아니라니까. …… 선애 쌤 때문에 쉽지 않을 거야. …… 사과한다고 끝날 일이 아니라고 내가 몇 번이나 말했잖아. …… 싫은데 어떡하라고. …… 아이참. …… 알았어. …… 알았으니까 그만 잔소리해."

"자, 연락 다 했으면 다시 모이자."

송승은 선생님이 박수를 치며 상담실 곳곳에 흩어져서 전화를 하던 우리를 불러 모았다.

"승은 쌤이 전화 끊고 모이래. …… 알았다고. …… 끊어!"

나는 전화를 끊고 동그란 책상 둘레에 놓인 의자에 앉았다. 내 왼쪽에는 현아와 시연이가 자리잡았고, 오른쪽에는 규빈이가 앉았다. 시연이 옆에 앉은 신우현과 이재학은 뭐가 그리 즐거운지 신나게 떠들었다. 이재학 옆에 앉은 김윤성과 정지석은 얼굴을 잔뜩 찌푸린 채 앞에 놓인 종이에 계속 뭔가를 적었다. 승은 쌤은 규빈이 어깨를 가볍게 만지며 빈 의자에 앉았다.

"이번에는 연지 차례지?"

송승은 선생님이 엷은 웃음을 지으며 나를 바라보았다. 다른 애들 눈길도 내게 모아졌다.

"다른 애들이랑 비슷한데…… 다 이야기해요?"

내가 물었다.

"그럼! 뭐든 괜찮아."

"정말 그래도 되죠?"

나는 다시 확인했다.

"네가 무슨 말을 하든 괜찮으니까, 나를 믿고 해."

송승은 선생님이 고개를 끄덕였다.

나는 송승은 선생님을 믿고 내 이야기를 털어놓았다.

＊ ＊ ＊

다른 애들처럼 저도 선애 쌤에게 나쁜 말을 참 많이 들었는데, 선애 쌤한테 처음 들었던 나쁜 말이 아직도 뚜렷이 기억나요. 선애 쌤이 들어온 세 번째 수업이었어요. 출석을 부르는데 제가 목이 아파서 작은 소리로 대답했거든요. 그때 제가 목감기로 고생하던 터라 힘들어서 크게 대답할 수 없었어요. 소리가 안 들릴까 봐 손까지 들었는데, 글쎄 선애 쌤이 뭐라고 했는지 알아요?

"너는 입도 없냐?"

저를 째려보면서 이러는데, 얼마나 기분이 나쁘던지……. 그때까지도 전 손을 들고 있었는데……. 그래서 목감기에 걸렸다고 말했는데 그 말이 안 들렸나 봐요.

"똑바로 대답 안 해? 손은 왜 들고 있는데?"

선애 쌤이 버럭 짜증을 냈고, 저는 어떻게든 제 사정을 전하고 싶었어요. 손을 내리고 감기에 걸렸다고 말했지만, 소리가 크게 나오지 않았죠.

"지금 나한테 반항하는 거야?"

선애 쌤이 단단히 화가 난 듯했어요.

그제야 짝꿍인 혜진이가 목감기 걸렸다고 대신 답해 줬어요.

"너는 머리를 장식으로 달고 다니냐? 처음부터 옆 사람에게 대신 시켰어야지. 괜히 선생님 신경 건드리고, 시간 끌고, 그렇게 수업하기 싫어?"

어떻게 그런 말씀을 하실 수가 있죠? 머리를 장식으로 달고 다니냐니……. 우리 엄마도 툭하면 저에게 잔소리하고 화를 내시지만 저한테 그런 말씀을 하신 적은 없어요. 제 사정은 들어 보지도 않고 다짜고짜 야단치고, 나중에라도 상황을 파악했으면 아무리 선생님이라도 사과 해야 하는 거 아닌가요? 뭐, 미안하다는 말은 안 들어도 돼요. 제가 뭐 하려고 선생님 신경을 일부러 건드리고, 시간을 끌겠어요. 수업이 싫지만 싫다는 내색도 안 했는데…….

아무튼 그게 처음이었고, 그때부터 전 선애 쌤이 아~~ 주, 아아아아 주 싫었어요. 저한테 그렇게까지 해 놓고 선애 쌤은 절 잊어 버렸나 봐요. 아까 들으셨듯이 재학이나 규빈이는 처음 그런 일을 당하고 그때부터 찍혀서 고생했는데, 저는 그나마 다행히 그러지는 않았어요. 그러다 제가 선애 쌤한테 제대로 찍히는 사건이 벌어졌는데, 바로 라면 때문이죠.

저는 라면을 좋아해요. 특히 학교에서 몰래 먹는 라면은 아주 끝내 줘요. 학교에서 따뜻한 컵라면을 먹으면 무척 좋겠지만, 안타깝게도 우리 학교 다른 쌤들은 승은 쌤과 달리 라면은 절대 못 먹게 해서 힘들어요. 아, 그런 점에서 전 승은 쌤을 존경해요. 물론 꼭 라면 때문은 아닌 거 아시죠? 히히히~.

아무튼 라면을 끓여 먹으면 쌤들 감시망을 피하기 어려워서 보통은 라면을 부셔서 스프를 뿌려 먹어요. 그렇게 먹으면 뿌셔뿌셔와 뭐가 다르냐고 하실지도 모르지만 뿌셔뿌셔와는 차원이 다른 맛이에요. 쌤 도 드셔 보세요. 끓여 먹는 것보다는 못하지만 나름 괜찮아요.

승은 쌤은 어떻게 생각하실지 모르지만 저에게 라면은 간식이 아니라 생명을 유지해 주는 보급품이랍니다. 급식이 맛없을 때, 선애 쌤에게 잔소리 듣고 짜증 날 때, 떠들었다고 벌점 받았을 때는 숨이 막혀요. 속도 답답하고. 그럴 때 사물함에 숨겨 놓은 라면을 몰래 꺼낸 다음 살짝 부숴 스프와 잘 섞어서 먹으면……. 그제야 비로소 숨이 부드럽게 넘어가고, 죽어 가던 세포가 살아난 듯해요. 앗, 이건 비밀인데……. 설마 앞으로 사물함을 검사하지는 않으실 거죠?

아무튼 종종 그렇게 먹던 어느 날이었어요. 현아와 같이 먹으려고 했는데, 현아가 배고프지 않다고 해서 혼자 라면을 꺼내 몰래 먹고, 봉지를 휴지통에 버렸어요. 그러고는 딱 돌아서는데……. 휴~~ 그때만 떠올리면 심장이 떨어질 것 같네요. 선애 쌤이 실눈을 부릅뜨고 저를 노려보고 있었어요.

"너, 방금 무슨 짓 했니?"

저는 모른 척했죠. 애들이야 들킬 때까지 발뺌하는 법이니까.

"휴지통 열어 봐."

더럽다면서 열기 싫다고 했지만, 선애 쌤은 막무가내로 시켰죠. 뭐 어쩌겠어요. 저야 힘없고 가련한 학생인데. 하는 수 없이 열었죠. 휴지통을 열자 떡하니 라면 봉지가……. 어떻게 발뺌할 수도 없게 쫙 펴져서 '나 방금 버려졌답니다' 하고 있었어요.

"넌, 양심이란 게 없니?"

선애 쌤이 또 독설을 날렸죠.

뭐 독설을 듣는 게 한두 번이 아니라 그냥 왼쪽 귀로 듣고 오른쪽 귀

라면 먹고 힘내

로 흘려버렸는데, 선애 쌤은 독설로는 성에 차지 않았는지 저한테 이상한 반성문을 쓰게 했어요.

"어차피 너는 학교 규칙 따위는 지키지도 않지? 선생님이 그렇게 입이 닳도록 규칙을 지키라고 말해도 귓등으로도 안 들을 거지? 그러니까 반성문은 됐고……. 너 같은 애는 라면이 얼마나 몸에 안 좋은지 깨달아야 해. 그래야 몰래 라면을 학교에서 먹을 마음이 안 들지. 라면이 안 좋은 점을 알면 몰래 하더라도 아주 찜찜할 거야. 그러니 지금부터 라면이 안 좋은 점 50가지를 써."

제가 수업을 들어야 한다고 했더니……, 아 그다음 수업이 바로 선애 쌤 수업이라……. 그랬더니 수업보다 제대로 반성하는 게 더 중요하다면서 라면이 안 좋은 점 50가지를 꼭 쓰래요. 절대 다른 애들한테 물어보지도 말고. 어휴~~ 그때 제가 얼마나 머리가 아팠는지 아세요? 제가 살면서 그렇게 억지로 머리를 쥐어짜 본 적이 없었어요.

살이 찐다, 건강이 나빠진다, 치아가 나빠진다, 라면 봉지로 지구가 더럽혀진다, 스프에 뭐가 들어 있는지 모른다, 입천장이 까진다, 위장에 안 좋다, 뭐 기타 등등 아주 힘들게 다 채웠어요. 아니 라면이 그렇게 안 좋나요? 그렇게 안 좋으면 아예 나라에서 금지시켜야지…….

＊ ＊ ＊

"아주 라면만 먹고 사는구만."

그때 갑자기 재학이가 끼어들었다.

"야, 너 그런 말 마! 내가 언제 라면만 먹고 산다고 했냐? 너는 독해력이 딸리냐?"

나는 재학이에게 톡 쏘아붙였다.

"연지야! 처음에 내가 말했지. 상대가 무슨 말을 하든 공격하지 말라고. 다른 사람을 비난하지 말고 그냥 네 감정만 전하라고."

"아, 죄송해요. 선생님!"

"나한테 사과할 일은 아니야."

"…… 미안해, 재학아! …… 내 말은 그런 뜻이 아니고……."

"괜찮아. 내가 먼저 심하게 말했으니까."

재학이가 오른손을 들어 휘휘 저었다.

"연지는 재학이 말을 들었을 때 기분이 어땠어?"

"기분이요?"

"정확히 말하면 감정……, 어떤 감정이었어?"

그때 무슨 감정이었지? 잘 떠오르지 않는다. 화가 났나? 짜증이 났나? 아니다. 그보다 앞선 감정이 있었다.

"재학이 말을 들었을 때 기분이요? …… 음, 그러니까~~ 속상했어요. 맞아요. 저는 그냥 라면을 좋아한다고 말했을 뿐인데 재학이가 저를 비난하듯이 말해서 속상했어요."

아, 내 감정이 짜증이 아니고, 속상함이라니……!!! 속상하다는 낱말을 골라서 꺼내 놓고 나니 속에서 울컥하고 치솟던 짜증이 확 사라져 버렸다.

"연지가 속상했구나! 연지가 속상하다는 말을 듣고, 재학이 너는 어땠니?"

송승은 선생님이 재학이를 보며 물었다.

"그게…… 제가 조금 심했어요."

"자기 행동을 판단하지 말고 감정을 말해. 연지가 속상하다는 말을 듣고 네 감정이 어땠어?"

송승은 선생님이 다시 물었다.

"음, 솔직히 당황했어요. 그럴 줄 몰랐거든요. 그리고 미안했어요. 아니 미안해요."

아무리 자기가 먼저 잘못해도 사과는 절대 하지 않는 재학이가 내게 미안하다고 말하다니, 기적이었다.

"재학이 네가 미안하다고 말해 주니……, 고마워."

나는 재학이에게 오른손을 가볍게 들어 주었다.

"우리는 사실에 집중하는 경향이 있어. 문제는 사실이 아니라 감정이야."

송승은 선생님이 모임을 열 때 했던 말을 반복했다.

"자, 연지 얘기를 계속 들어 보자."

✴ ✴ ✴

아무튼 그때부터 선애 쌤은 저를 완전히 불량학생으로 찍어 버렸어요. 툭하면 비난하고, 괜히 트집 잡아서 괴롭히고……. 그거야 뭐 애들이 아까 많이 얘기했으니까 전 안 할게요. …… 그 가운데 가장 기억에 남는 사건은…… 음, 정말 억울한 사건이 하나 떠오르네요.

선애 쌤이 일주일에 두 번씩 영어단어 시험을 보잖아요. 제가 영어를 잘 못하기도 하지만, 선애 쌤이 싫어서 제대로 단어를 외워 간 적이 없는데…… 한번은 미친 듯이 외워 갔어요. 선애 쌤에게 충격을 주고 싶었죠. 나도 하면 이 정도 할 수 있다! 뭐 그런 자랑을 멋지게 하고 싶었죠.

잠까지 줄여 가며 열심히 암기했고, 영어단어 시험에서 처음으로 100점을 맞았어요. 아주 뿌듯했죠. 선애 쌤이 제 점수를 보고 깜짝 놀라리라 믿었는데 제 기대는 완전히 빗나갔어요. 수업이 끝나고 갑자기 선애 쌤이 저를 교무실로 부르는 거예요.

"너, 시험 다시 봐."

"네? 아니 왜요?"

"네가 단어 시험을 다 맞다니, 그럴 리가 없어."

와~~! 제가 부정행위를 했다고 의심하는 거였어요. 저는 억울하고 부아가 치밀었지만 꾹 참고 시험을 다시 봤어요. 열심히 외웠으니 다시 보면 다 맞을 거라고 믿었죠. 그렇지만 안타깝게도 2개나 틀리고 말았어요.

"거, 봐! 내가 이럴 줄 알았어."

아, 그러더니 선애 쌤이 제 점수를 깎아 버렸어요. 어떻게 그럴 수 있죠? 본 시험에서 다 맞았는데, 따로 다시 시험을 봐서 점수를 낮춰도 되나요? 그게 올바르다고 생각하세요?

그 사건 뒤로 저는 선애 쌤에게 대놓고 대들었어요. 그래도 그 전에는 잔소리 듣기 싫어서 억울해도 꾹 참고, 싫어도 하고 그랬거든요. 100점을 맞았는데도 저를 의심하고, 혼자만 재시험 봐서 점수가 깎이는 부당한 일을 겪고 나니 도저히 못 참겠더라고요. 그때부터는 승은 쌤도 아시다시피 날마다 다퉜어요. 선애 쌤은 툭하면 저를 남겨서 단어 시험을 보게 하려고 했지만 저는 어떻게든 도망을 쳤죠. 선애 쌤이 가방을 빼앗으면 그냥 두고 집으로 가 버린 적도 있어요. 수업 시간에 일부러 늦게 들어가고, 일부러 엉뚱한 질문을 해서 분위기 흐트러뜨리고, 잔소리하면 꼬박꼬박 대들고……. 제가 그랬더니 애들도 따라했죠. …… 맞아요. 제가 주동자예요. 제가 가장 세게 대들었고, 가장 앞장서서 저항했어요.

＊ ＊ ＊

"잠깐만!"
송승은 선생님이 내 말을 멈추게 했다.
"너는 네가 한 행동이 정당한 저항이라고 보는 거니?"
송승은 선생님이 내게 물었다.

"당연하죠. 그렇게 당했는데, 제가 계속 당할 수는 없잖아요."

나는 꿋꿋하게 대답했다.

"다른 애들도 같은 의견이니?"

송승은 선생님이 물었다.

"그러니까 저도 같이 했죠."

시연이가 동의하고 나섰다.

"학생도 인권이 있는데, 선애 쌤처럼 하면 당연히 스스로 인권을 지키려고 나서야죠."

김윤성은 유식한 단어를 썼다. 제법이다.

"하긴, 그러니까 너희들이 다 같이 김선애 선생님께 대들었겠지."

송승은 선생님은 가방에서 전화기를 꺼냈다.

"이제부터 며칠 전에 녹음한 음성파일을 들려줄게. 김선애 선생님과 연지가 나누는 대화를 녹음한 거야. 잘 들어 보고 어떤 느낌이 드는지 말해 줘."

송승은 선생님이 말하는 음성파일은 며칠 전에 내가 김선애 선생님과 나눈 대화였다. 대화할 때 송승은 선생님도 같이 있었고, 김선애 선생님과 나는 녹음에 동의했다. 모임을 열기 전에 송승은 선생님이 그 대화를 애들에게 들려줘도 되냐고 내게 물었고, 나는 기꺼이 동의했다.

송승은 선생님이 휴대용 스피커를 블루투스로 연결해서 녹음파일을 틀었다. 나와 김선애 선생님이 며칠 전에 나눈 대화가 스피커에서 흘러나왔다.

　　　　　　　　＊　＊　＊

（……）

선애 쌤 　넌, 내가 자꾸 널 부당하게 지적한다고 하는데 네가 제대로
　　　　　하면 지적할 리가 없잖아.

나 　　　선생님은 제가 뭘 해도 지적하시잖아요.

선애 쌤 　어제도 수업 시간에 늦게 왔잖아. 수업 시간은 규칙이고, 규
　　　　　칙은 지켜야지. 규칙을 늘 어기는데 내가 어떻게 지적을 안
　　　　　해?

나 　　　쌤이 맨날 지적하고, 맨날 심한 말을 하는데 제가 수업에 들
　　　　　어오고 싶겠어요? 쌤 수업만 떠올리면 짜증 나고, 괴로우니
　　　　　까 저도 모르게 늦어지죠.

선애 쌤 　(짜증을 내며) 지금 내 탓하는 거야? 연지 네가 지킬 걸 지키면
　　　　　내가 널 왜 지적하겠어. 기본적인 걸 안 지키니까 자꾸 잔소
　　　　　리를 하게 되잖아. 숙제도 해 오고, 단어 시험도 준비해 오
　　　　　고, 제 시간에 수업에 들어오면 내가 왜 널 야단치겠어. 도
　　　　　대체가 규칙이란 걸 지킬 줄 모르는 학생에게 선생으로서
　　　　　지적해야지, 모른 척 넘어가니?

나 　　　제가 뭘 해도 쌤은 똑같잖아요. 저라고 노력 안 하는 줄 아
　　　　　세요? 열심히 했을 때 쌤이 한 번이라도 알아줬으면 제가
　　　　　이렇게 막가지는 않았어요.

선애 쌤	(비웃으며) 네가 막가는 건 아는구나.
나	지금도 보세요. 제가 노력했다고 하는데도 그냥 무시해 버리고, 제가 못한 쪽만 보시잖아요.
선애 쌤	툭하면 사고치고, 내가 볼 때마다 엉뚱한 짓을 하는데…… (또다시 비웃는 말투로) 내가 그냥 넘어가란 말이야?
나	거 봐요. 쌤은 제가 제대로 해도 안 알아줘요. 지각 안 하면 딴짓한다고 나무라고, 딴짓 안 하고 집중하면 단어 시험 못 봤다고 나무라고, 단어 시험 나름 잘 보면 또 자세 트집 잡고…….
선애 쌤	(또다시 짜증을 내며) 나는 뭐 너 지적할 때 기분 좋은 줄 아니? 제발 내 눈에도 너의 좋은 모습이 보이면 좋겠어.
나	뭐, 저는 맨날 지적당하고 싶은 줄 아세요? 저도 야단맞을 때마다 짜증 나요.
선애 쌤	그렇게 짜증 나면 잘해야지. 어제는 왜 또 도망갔는데?
나	수업 끝났으면 집에 가야죠.
선애 쌤	선생님이 남으라고 하면 남아야지.
나	한두 번이면 남겠는데, 맨날 남으라고 하는데 제가 왜 남아요. 저도 제 생활이 있다고요.
선애 쌤	거 봐. 넌 선생님 말을 안 들어. 죽어도 내 말을 안 들어. 단어 시험을 못보면 남는 게 규칙이야. 규칙대로 해야지.
나	그 규칙은 쌤이 혼자 만드셨잖아요. 우리한테 동의도 구하

라면 먹고 힘내

지 않고.

선애 쌤　　내가 학생들한테 동의를 구하고 규칙을 만들어야 하니? (단호하게) 나는 선생이고, 너는 학생이야.

나　　　　학생이라고 무조건 선생님이 시키는 대로 따라야 한다는 법은 없잖아요.

선애 쌤　　그럼 학교는 왜 다녀? 다니지 마.

나　　　　저도 다니기 싫어요.

(……)

＊ ＊ ＊

송승은 선생님이 녹음파일을 껐다. 나와 김선애 선생님 대화는 그 뒤로도 이어졌는데 비슷한 말들이 오고가서 굳이 듣지 않아도 되었다.

"김선애 선생님과 연지가 나눈 대화를 듣고 어떤 느낌이 드는지 말해 볼까?"

송승은 선생님이 말했다.

"뭐 새롭지는 않아요. 늘 저런 식이니까요."

시연이가 말했다.

"답답해요."

현아가 말했다.

"어떤 점이 답답해?"

송승은 선생님이 물었다.

"벽 같아서요."

"벽을 보고 대화한다는 느낌이 든다는 말이지."

송승은 선생님이 현아가 한 말을 다시 확인해 줬다.

"맞아요. 선애 쌤은 연지 마음 따위는 안중에도 없어 보여요. 평소에 저희들한테 하던 그대로예요."

현아는 한숨을 내쉬었다.

"선애 쌤은 선입견이 너무 강해요."

정지석이 말했다.

"선애 쌤에게 한 번 눈 밖에 나면 무슨 짓을 해도 벗어날 수가 없어요. 저희들 다 그래요. 우리가 맨날 선애 쌤에게 개기고 사고치지는 않는다고요. 저희도 선애 쌤에게 잘 보이고 싶어요. 녹음파일 대화에서 연지가 그렇잖아요. 노력해도 소용없다고. 해 봐야 안 된다는 걸 알기에 더 막가게 돼요."

정지석이 속사포처럼 말을 쏟아 냈다.

"네가 노력해도 김선애 선생님이 인정을 안 해 줘서 억울하니?"

송승은 선생님이 차분하게 물었다.

"맞아요. 억울해요. 선애 쌤은 맨날 지적만 해요."

정지석이 입술을 깨물었다.

"김선애 선생님께 칭찬받고 싶구나."

송승은 선생님이 예쁜 웃음을 지었다.

"선애 쌤은 저희가 쌤 뜻을 따르지 않으면 무조건 트집을 잡아요."

김윤성이 말했다.

"김선애 선생님이 억지를 부린다는 말이니?"

송승은 선생님이 되물었다.

"억지라기보다는…… 그러니까 저희를… 선애 쌤 마음대로 하려고 해요."

"김선애 선생님이 너희를 꼭두각시 인형처럼 조종하려고 한다는 뜻이니?"

"맞아요, 꼭두각시! 바로 그거예요."

김윤성이 맞장구를 쳤다.

"우린 사람인데."

"사람으로 안 보는 거야."

신우현과 이재학이 잇달아 말했다.

"그럼, 연지는 어떠니? 네가 나눈 대화를 녹음해서 들어 본 느낌이……."

송승은 선생님이 내게 눈길을 주었다.

"그게……."

그때 상담실 문을 두드리는 소리가 들렸다. 문이 열리고, 내가 아는 얼굴이 나타났다.

"어, 민규 오빠!"

사촌 오빠였다.

"여긴 웬일이야?"

내가 일어서며 말했다.

"안녕하세요."

민규 오빠가 상담실 안으로 들어왔다.

"누구니?"

송승은 선생님이 나를 보며 물었다.

"아, 제 사촌 오빠예요."

"허민규입니다."

민규 오빠는 송승은 선생님에게 절을 했다.

큰아빠네는 우리와 그리 멀지 않은 곳에 살아서 자주 얼굴을 보는 편이다. 나보다 한 살 아래인 사촌 동생 민정이는 나와 잘 맞는데, 민규 오빠는 성격이 독특해서 어울리기 힘들다. 엉뚱한 생각을 아무렇지 않게 해서 대화를 나누다 보면 뭐가 옳고 그른지 헷갈리는 경우가 많다. 딱 보면 세상에 잔뜩 불만을 품은 사람처럼 얼굴 인상부터 남다르다. 그래서 그런지 어울려 지내는 친구도 거의 없다고 했다.

민규 오빠와 두 달 만에 봤는데 얼굴빛이 완전히 달라져 보였다. 심지어 나를 보며 활짝 웃기까지 했다. 민규 오빠가 웃다니, 도대체 지난 두 달 사이에 무슨 일이 벌어진 걸까?

"왜 왔어?"

내가 의아해하며 물었다.

"이것 때문에……."

민규 오빠가 왼손에 든 에코백을 흔들었다.

"뭔데?"

"라면!"

라면이란 말을 듣자 갑자기 애들 사이에서 환호성이 터졌다.

"오랫동안 모임 하는데 배고플까 봐."

오직 자기 세계만 고집하던 오빠였는데 이런 따뜻한 배려라니……
뜻밖이었다.

"참 마음이 따뜻한 오빠네. 그럼 우리 먹고 하자."

송승은 선생님이 자리에서 일어났다.

우리는 재빨리 라면 먹을 준비를 했다. 몇 분도 지나지 않아 뜨거운
물을 품은 컵라면이 우리 앞에 놓였다.

"라면이 10개네요. 하나가 남으니 민규 학생도 같이 먹어요."

송승은 선생님이 의자 하나를 끌어오며 말했다.

"아니에요."

"그러지 말고 같이 먹자."

"괜찮아. 난 밥 먹은 지 얼마 안 돼서……. 난 이만 갈게. 선생님 맛있
게 드세요. 대화 잘 나누고."

민규 오빠가 밖으로 나가기에 나도 얼른 뒤따라 나갔다.

"고마워. 오빠!"

"작은엄마한테 대충 이야기는 들었어. 잘 풀고 와."

"알았어. 오빠는 집에 갈 거야?"

"응! 끝나면 전화해. 마중 나올게."

"됐어! 내가 어린애도 아니고."

그때 오빠 휴대전화로 잇달아 문자가 오는 소리가 들렸다.

민규 오빠는 휴대전화를 보더니 답장을 빠르게 보냈다. 얼핏 봤는데 빨간 하트가 몇 개 있었다.

"어, 누구야? 오…… 설마 여자친구?"

"아니야. 됐어."

민규 오빠는 전화를 얼른 숨기더니 뒷걸음질쳤다.

"야, 빨리 들어가. 라면 불어."

민규 오빠는 손을 휘젓더니 빠른 걸음으로 가 버렸다.

이따가 집에 들어가서 자세히 캐묻겠다고 다짐하고 다시 상담실로 들어갔다. 상담실로 갔더니 애들은 젓가락을 들고 흡입을 준비 중이었다. 기쁨과 설렘이 넘치는 대화가 이어졌다.

송승은 선생님은 남은 라면을 손에 들고 잠깐 고민하더니 책상을 가볍게 두드렸다. 수다를 떨던 애들이 일제히 송승은 선생님을 봤다.

"김선애 선생님도 같이 드시라고 하자."

애들 표정이 일제히 일그러졌다.

"싫은 마음이야 알겠는데, 김선애 선생님도 계속 기다리고 계시잖아. 아마 아무것도 못 드셨을 거야. 같이 먹자."

송승은 선생님이 그리 말씀하시는데 계속 거부하기는 어려웠다.

"제가 모셔올게요."

달리기를 잘하는 신우현이 재빨리 밖으로 나갔고, 조금 뒤 김선애 선생님이 들어 오셨다. 애들은 라면을 먹는 데 집중하며 김선애 선생님 쪽에는 눈길도 주지 않았다. 송승은 선생님이 김선애 선생님을 반갑게 맞으며 라면을 권했고, 곧이어 김선애 선생님도 조심스럽게 라면을 먹었다. 라면을 먹는 김선애 선생님을 보니 라면이 안 좋은 점 50가지를 쓰게 했던 때가 떠올랐다. 라면이 안 좋다면서 배가 고파 어쩔 수 없이 라면을 먹는 김선애 선생님을 보니 묘한 쾌감이 일었다. 라면을 먹는데 면발이 곱슬곱슬해서 김선애 선생님 머리카락 같았다. 김선애 선생님 머리카락이 라면으로 뒤바뀌는 상상을 하니 더욱 즐거웠다.

라면을 다 먹은 애들은 물을 마시고, 화장실을 다녀왔다. 나는 라면을 다 먹고 물을 마시러 가려다가 송승은 선생님이 김선애 선생님을 배웅하는 장면을 보면서 야릇한 기분에 빠져서 꼼짝도 않고 제자리에 머물렀다. 한 분은 학생들에게 존경을 받고, 한 사람은 학생들에게 무시를 당한다. 한 분은 학생들이 너도나도 배우고 싶어서 안달이지만, 한 사람은 멀리서 나타나기만 해도 기겁하며 도망을 친다. 한 분은 늘 웃는데, 한 사람은 늘 찡그리고 다닌다. 나이도 비슷하고, 심지어 겉모습도 비슷한데 왜 저렇게 차이가 나는 걸까?

우리 반은 다른 반 애들에게 축복받은 반이라는 질투를 자주 받는다. 송승은 선생님이 학교에 계신 선생님 가운데 가장 좋기 때문이다. 송승은 선생님은 우리 얘기를 잘 들어 준다. 아무리 사소한 고민도 귀담아 듣고, 우리 의견을 존중해 준다. 송승은 선생님에게 말하고 나면 뭔가 시원한 느낌이 든다. 그렇다고 송승은 선생님이 우리가 제멋대로 하게 내버려두지는 않는다. 가끔 송승은 선생님이 우리를 매섭게 야단치기도 한다. 야단을 해도 그 야단 안에는 짜증이나 화가 아니라 사랑이 가득하다. 그래서 야단맞으면서도 기분이 나쁘지 않다.

송승은 선생님은 우리에게 문제가 생기면 손쉬운 처벌이나 야단보다 대화를 먼저 하려고 한다. 일대일로 상담하기도 하고, 여러 명이 함께 겪는 문제일 경우 모임을 통해 같이 문제 해결을 모색한다. 이 모임도 송승은 선생님이 일부러 시간을 내서 만들었다. 우리들이 김선애 선생님과 계속 부딪치고 갈등하니 이를 해결할 방법을 찾기 위해 부모님들께 허락을 받고 모임을 만들었다. 김선애 선생님이라면 기겁을 하는 애들이 모두 모여서 김선애 선생님 이야기를 솔직하게 나누는 까닭도 송승은 선생님이 정성을 기울였기 때문이다.

김선애 선생님이 송승은 선생님 반만 따라가면 우리와 다툼이 생길 일도 없을 뿐만 아니라 다들 좋아할 텐데, 김선애 선생님은 왜 송승은 선생님처럼 하지 못할까? 겉으로 보기에 비슷한데 무슨 이유로 이리도 차이가 크게 날까? 김선애 선생님이 처음부터 그랬을까? 아니면 어떤 사정이 있어서 달라진 걸까? 혹시 가정에서 스트레스를 많이 받을지도 모른다. 어린 시절 트라우마 때문일 수도 있다. 아니면 과거에 어떤 못된 학생들에게 크게 교권을 침해당한 경험이 있을지도 모른다.

내가 김선애 선생님과 나눈 대화도 다시 떠올렸다. 가만히 대화를 곱씹어 보니 김선애 선생님이 잘한 건 아니지만 나도 잘한 건 아니었

라면 먹고 힘내

다. 김선애 선생님이 나를 건드리는 말을 사용했는데, 나도 계속 김선애 선생님을 건드리는 말을 내뱉었다. 나는 불평과 불만을 깔고 김선애 선생님만 잘못했다는 판단만 앞세웠다. 김선애 선생님이 속상하다거나, 학생이 말을 안 듣는 상황에서 선생님으로서 얼마나 힘든지 전혀 생각하지 않았다. 내가 김선애 선생님과 같은 위치인데 나 같은 학생이 수두룩하면 어떨까? 쌤이 불렀는데 학생이 대답도 제대로 안 하고, 장난을 치고, 툭하면 말꼬리를 잡아서 대든다면 얼마나 짜증이 날까?

김선애 선생님은 유난히 규칙을 강조하는데 어떤 마음으로 그러는지 김선애 선생님 처지에서 처음으로 따져 봤다. 학교에서 학생들이 몰래 과자나 라면을 먹지 못하게 하는 것은 다 이유가 있다. 몰래 과자나 라면을 먹으면 급식을 잘 안 먹게 되고, 사물함이나 교실이 지저분해지고, 건강에도 그리 좋지 않다. 과자와 라면이 먹고 싶어서 먹기는 하지만 그리 좋은 행동이 아니라는 정도는 나도 잘 안다. 김선애 선생님은 선생님으로서 역할을 했을 뿐이다. 물론 부드럽게 처리하지는 못했지만……. 내가 김선애 선생님이었다면 어땠을까? 나라면 송승은 선생님처럼 사정을 들어 주고, 차분히 타이르고, 행동을 교정하게 이끌 수 있을까? 아니면 김선애 선생님처럼 짜증 내고, 비난하고, 벌주려고 했을까? 어쩌면 김선애 선생님보다 내가 더 화를 내며 못되게 학생들을 단속할지도 모른다.

맨날 한두 개 밖에 안 맞는 학생이 갑자기 100점을 맞으면 부정행위를 했다고 의심할 수도 있지 않을까? 내가 선생님이어도 그러지 않을까? 수업에 맨날 늦고, 숙제 안 해 오고, 수업 때 방해하는 질문만 하는 학생을 대하는 선생님은 얼마나 짜증이 날까? 과연 나는 정당한 저항을 한 걸까? 내가 늘 정당하다고 믿었는데, 나는 정당하고 김선애 선생님은 잘못했다고 확신했는데, 어쩌면 내 확신이 틀리지는 않았을까?

김윤성이 했던 '인권'이란 낱말이 떠올랐다. 나는 아직 인권이 정확히 무슨 의미인지 모른다. 그냥 내가 자유롭게 살 권한이 있다는 정도로만 안다. 어쨌든 학생들 인권은 지켜져야 한다. 어리다고, 힘없다고 학생들 인권을 무시하면 안 된다. 더불어 선생님들 인권도 지켜져야 한다. 선생님도 인간이니까! 혹시 나는 내 인권을 지킨다면서 김선애 선생님 인권을 무시하지는 않았을까? 혹시 내가 인권을 침해한 가해자일까? 나는 언제나 피해자라고 생각했는데, 내가 가해자일 가능성도 있다니…….

나는 내 생각에 깜짝 놀랐다. 늘 김선애 선생님이 밉기만 했는데, 처음으로 미움을 뺀 채 김선애 선생님을 보게 됐다. 내 감정이 바뀐 까닭이 라면을 배불리 먹어서인지, 아니면 모임을 하며 시원하게 속마음을 털어놨기 때문인지, 그것도 아니면 민규 오빠가 베푼 배려나 송승은 선생님이 베푸는 넉넉함에 감동해서인지는 모르겠다. 이유가 무엇이든 내 마음은 그 전보다 훨씬 넉넉해졌고, 내 감정이라는 늪에서 빠져나와 김선애 선생님을 바라볼 여유가 생겼다. 여유는 내 감정에 전혀 다른 빛깔을 불어넣었다. 이해심이라는 넉넉한 불꽃이 내 감정을 전혀 다른 길로 이끌었다.

모임이 다시 열리고, 나는 입을 열었다.

"어쩌면……."

호흡을 가다듬었다.

"우리가 먼저 바뀌어야 할지도 몰라."

그러면서 나는 내가 한 생각을 조금 풀어놓았다. 김선애 선생님 처지에서 우리를 보면 어떨지, 우리가 모르는 김선애 선생님 사정이 있지는 않은지, 우리가 지나치게 한 점은 없었는지 등을 생각해 보자고 했다. 넉넉한 라면의 맛이 마음마저 넉넉하게 만들어서인지 반발하는 사람은 없었다. 침묵은 깊었다. 내 말을 듣고 다들 가만히 생각에 잠겼다. 송승은 선생님은 따뜻함을 머금고 우리를 지켜보았다.

"뭐, 우리가 전적으로 잘했다는 생각은 나도 안 해."

이재학이 먼저 입을 열었다.

"선애 쌤이 많이 심하긴 했지만, 우리도 막나가긴 했지."

"쌤도 당해 봐라 하는 못된 심보도 많았어."

현아와 정지석이 잇달아 말했다.

"너희들이 그런 말을 하다니 놀랍네. 그렇다면 너희들은 너희 잘못과 선생님 책임이 어느 정도라고 생각해?"

송승은 선생님이 물었다.

"저는 반반이지만……, 그래도 선애 쌤이 조금 더 크다고 봐요."

"저는 4:6으로 선애 쌤 책임이 더 크다고 생각해요."

"아무래도 쌤이 더 책임이 크죠. 우리도 잘못했지만."

나를 빼고 모두 김선애 선생님 책임을 더 강조했지만, 나는 조금 달랐다. 나는 내 못된 심보를 잘 알았다. 일부러 규칙을 어기고, 김선애 선생님에게 대들기도 많이 했다. 내가 가장 앞장서서 애들을 선동하고, 김선애 선생님 권위를 무너뜨리기도 했다. 내 잘못은 결코 작지 않았다. 평소에도 내 잘못을 잘 알고 있었다. 그러나 내 잘못을 인정한 적은 없다. 당연히 김선애 선생님과 맞설 때도 내가 잘못했다는 말은 절대 하지 않았다. 만약 내 잘못을 인정하면 상대는 나를 무차별 비난을 가한다. 상대는 내가 잘못을 인정하는 것이 마치 제멋대로 나를 대해도 되는 허가증이라도 받은 듯이 행동한다. 그런 상황에서는 잘못을 인정하기가 쉽지 않다. 그렇지만 라면을 배불리 먹고, 따뜻한 송승은 선생님과 함께하는 모임에서는 달랐다. 내 잘못을 인정해도 내 인격이 짓밟힐 걱정을 하지 않으니 흔쾌히 내 잘못을 인정해도 괜찮겠다 싶었다.

"저는 7:3 정도로 제가 더 많이 잘못했다고 생각해요."

"정말이야?"

송승은 선생님이 놀란 듯 물었다.

가장 심하게 반항한 내가 잘못을 가장 크게 인정했으니 송승은 선생님으로서는 조금 놀랐을 것이다.

"네."

나는 뚜렷하게 대답했다.

"평소에 출근할 때 보면 선애 쌤 표정이 좋은 적이 별로 없어요. 연지 말을 듣고 보니 선애 쌤에게 우리가 모르는 사연이 있을 수도 있겠다는 생각도 드네요."

시연이가 속 깊은 말을 했다.

"모르는 사정이 있는지 없는지는 나도 모르지. 그건 우리가 알 수 없는 영역이야. 그렇다 해도 너희들이 그런 생각을 하니 선생님은 참 놀랍다."

송승은 선생님이 우리를 쭉 둘러보며 한 명 한 명과 눈을 맞췄다.

"어쩌면 선생님도 우리 때문에 상처를 많이 받았을지도 몰라."

현아가 말했다.

"에이, 선애 쌤은 어른인데 우리 때문에 상처를 받겠냐?"

신우현이 입을 삐죽 내밀었다.

"아니야. 우리 엄마도 나 때문에 상처받는다고 했어. 내가 못되게 굴 때마다 엄마도 가슴 아프고, 꽤나 힘들다고."

규빈이가 가끔 했던 말이다. 엄마가 자기 때문에 꽤나 힘들어하는데, 불효를 저지르는 듯해서 자기도 괴롭다고 했다.

"에이, 그렇다고 해도 어른이 바뀌어야지, 우리가 바뀐다고 뭐가 되겠냐?"

"될지 안 될지 모르지만, 그래도 아무것도 안 하는 것보다는 낫겠지."

"우리가 이해해 주자."

"선애 쌤을 이해해 주자고?"

"뭐, 선애 쌤이 잘못하지 않았다는 게 아니라 우리가 이해해 주면 선애 쌤도 조금 바뀌지 않겠냐고."

"우리가 이해해 준다고 선생님이 바뀔까?"

"안 바뀌면 어쩔 수 없고."

"우리가 승은 쌤 덕분에 많이 바뀌었잖아. 승은 쌤이 우리를 어떻게 대했을 때 우리가 바뀌었지?"

"그거야……, 우리 마음을 알아줄 때였지."

"맞아. 다른 쌤이나 어른들은 우리 말을 제대로 듣지도 않고, 무작정 가르치거나 야단치려고만 들어."

"그럼, 우리도 승은 쌤처럼 하자."

"우리도 선애 쌤 마음을 알아주자."

"선애 쌤도 힘들 거야."

"하긴 뭐, 우리 같은 애들을 상대하려면 힘드시겠지."

"나도 나 같은 애가 내 딸이면……, 끔찍할 거야."

"끔찍한 정도는 아닐 거야. 물론 대하기 힘들기는 하겠지만."

우리는 생각을 빠르게 주고받았고, 우리들 마음은 처음과는 완전히 달라져 있었다. 송승은 선생님은 우리들 대화에 전혀 끼어들지 않았다.

"그럼 이제 어떻게 하지?"

"선애 쌤에게 죄송하다고 할까?"

"잘못했다고 말한다고 해서, 선애 쌤 마음이 풀리겠어?"

"안 풀리지."

"그럼 어떻게 해?"

잠시 대화가 끊겼다.

"마음을 알아주면 바뀐다고 했잖아. 그러니까 선애 쌤 마음을 알아 줘야지."

내가 나섰다.

"그러니까 그걸 어떻게 하냐고?"

"내가 할게. 내가 가서 선애 쌤과 대화를 나눠 볼게."

내가 앞장서서 저항했으니 화해도 내가 앞장서는 게 맞다고 판단 했다.

"뭐라고 할 건데?"

"선애 쌤 마음을 알아줘야지."

"어떻게?"

"잘은 모르겠는데, 그냥 선애 쌤에게 솔직하게 내 마음을 전해 보려 고."

"좋아!"

송승은 선생님이 손뼉을 쳤다.

"선생님이 같이 갈까?"

"아뇨. 혼자 갈게요."

＊ ＊ ＊

문 앞에서 심호흡을 했다. 김선애 선생님을 만나면 무슨 말부터 할지 고민했지만 선뜻 떠오르지 않았다. 적당한 말을 고르려고 고민하니 괜히 망설임만 커졌다. 내 성격대로 일단 부딪치기로 했다. 문을 열고 들어가니 김선애 선생님은 휴게실 소파에 앉아 휴대전화를 보고 있었다. 들어가자마자 가볍게 인사를 하고 김선애 선생님 앞에 앉았다.

"무슨 일이니?"

경계심이 물씬 묻어났다.

"쌤과 대화를 나누고 싶어서요."

"혼자?"

"네."

나는 김선애 선생님 눈을 피하지 않고 마주보았다.

"반성은 좀 했어?"

이 상황에서 반성을 했냐고 묻다니, 김선애 선생님다웠다. 괜히 반성이 화제가 되면 또다시 다툴지도 모른다는 걱정에 얼른 말을 돌렸다.

"라면 맛은 괜찮으셨어요?"

나는 어색하게 웃음을 지으며 물었다.

"지금, 라면 얘기나 할 때니?"

김선애 선생님 말꼬리와 눈꼬리가 같이 올라갔다.

예전처럼 맞받아치려는 충동이 일었지만 가볍게 눌렀다. 대들고 싶은 충동을 가볍게 통제할 만큼 내 마음은 그 여느 때보다 여유롭고 넉

라면 먹고 힘내

넉했다.

"제가 좀 철이 없긴 하죠."

"잘 아네."

저렇게 비꼬지만 않아도 참 좋을 텐데…….

무슨 말을 할지 잠깐 고민하다 조금 전 대화에서 재학이와 부디쳤을 때가 떠올랐다. 송승은 선생님은 사실이 아니라 감정에 주목하라고 했다. 나는 재학이 말을 듣고 속이 상했고, 속상하다는 말을 하자 속이 시원해졌다. 단지 감정을 거론했을 뿐인데 아팠던 마음이 치유가 되었다.

"쌤이 저희 때문에 속상하신 거 잘 알아요."

나는 그 순간을 떠올리며 말했다.

내 말을 듣고 김선애 선생님 눈이 말도 못하게 커졌다. 김선애 선생님은 뭐라고 말을 꺼내려다가 멈칫하고, 말을 꺼내려다 멈칫하기를 거듭했다. 내가 전혀 다른 태도로 나가니 선생님도 당황한 듯했다. 예전처럼 서로 신경을 건드리면서 짜증을 내고, 다툼이 격렬해지는 쪽으로 가야 하는데, 내가 익숙한 길에서 벗어나니 김선애 선생님은 어찌할 바를 모르는 듯했다. 김선애 선생님도 다른 길을 택하면 좋을 텐데……, 아쉽게도 결국 나온 말은 예전과 다를 바 없었다.

"알면서 그렇게 대들었니?"

'선애 쌤도 그럴 말할 처지는 아니죠' 하고 맞받아치고 싶었지만 그럼 안 된다는 걸 알기에 다시 참았다. 어쨌든 김선애 선생님이 하는 말은 예전과 같았지만, 말에 실린 감정은 그리 날카롭지 않았다. 나는 사실에 주목하지 않고 감정에 집중했다.

"저희 때문에 쌤이 많이 짜증 나셨나 봐요."

"짜증 정도가 아니야."

'쌤만 짜증 나는 줄 아세요, 저도 짜증 나요?' 하고 말하면 아마 누가 더 짜증 나는지 다투다 끝나고, 짜증은 한 보따리 더 보태질 것이다. 나도 짜증 난다는 말은 짜증을 덜어 주는 게 아니라 오히려 덧붙일 뿐이다.

"쌤도 힘드시겠죠."

다음 말을 하려다 일부러 살짝 틈을 두었다.

"제가 쌤이었다면 저는 힘들어서 당장 학교를 그만두었을 거예요."

그만두었을 거라는 말에 김선애 선생님 눈빛이 심하게 흔들렸다. 초점을 잡지 못하고 우왕좌왕했다. 내가 선생님이었다면 그만두었을 거라는 말은 진심이었다. 그렇다고 내가 김선애 선생님이 다 잘했고, 나를 비롯한 친구들이 다 잘못했다고 생각하지는 않는다. 우리는 우리 나름 힘겹고, 선생님은 선생님 나름 힘겹다. 학생 노릇하기도 힘들고, 선생님 노릇하기도 참 힘들다. 서로 힘든데 억지로 버티고 산다. 예전에는 학생 노릇하는 우리만 힘들다고 생각했다면, 이제는 쌤도 참 힘들겠다는 생각을 하게 됐다. 나도 툭하면 학교 그만 다니고 싶은데 우리 같은 애들을 상대하는 선생님이라고 그만두고 싶지 않겠는가? 그러고 보면 김선애 선생님과 우리는 같은 고통을 겪는 처지였다.

"나도…… 이런 말하기 그렇지만…… 너희들 상대하기…… 참 힘들어."

김선애 선생님은 울컥하는 감정을 겨우 누르며 힘겹게 말했다.

'힘들어'란 낱말뿐 아니라 김선애 선생님 몸짓과 말투에서도 힘겨움이 진하게 묻어났다. 김선애 선생님이 꽁꽁 감춰 두고 지냈던 응어리가 있는 그대로 내게 전해졌다.

나는 어른들은 절대 상처를 입지 않으며, 오직 어린 우리만 어른들에게 상처를 받는다고 믿었다. 우리들이 아무렇지 않게 내뱉는 말, 막무가내로 내지르는 행동으로 인해 어른들이 크게 마음을 다칠 수 있으리라는 상상은 해 본 적이 없다. 더구나 어린 우리는 아프면 아프다고 솔직하게 털어놓을 수 있지만, 선생님은 자존심 때문에 자신이 학생들 때문에 상처받는다는 이야기를 진솔하게 털어놓지 못한다. 선생님이 그런 말을 하면 학생들은 선생님 약점이라도 잡은 듯이 선생님을 함부로 대하기 때문이다. 선생님들은 학생들에게 받은 상처를 숨기려다가 더 큰 응어리가 지고, 짜증이 부풀어 오르게 되는 것이다.

"저희만 힘든 줄 알았는데 쌤도 학교가 힘들다니……, 참 서글프네요."

가슴으로 싸한 기운이 퍼져 나갔다.

"… 그……."

김선애 선생님은 무슨 말인지 하려다 입을 다물었다. 그러고는 잘 들리지 않게 긴 한숨을 내쉬었다. 잠시 동안, 김선애 선생님과 나 사이로 침묵이 흘렀다. 그 침묵 속에서 김선애 선생님 감정과 내 감정이 오갔다. 나는 김선애 선생님 감정을 느꼈고, 아마도 김선애 선생님도 내 감정을 느낀 듯했다. 더는 말을 나누지 않아도 되었다. 생각이 아니라 감정이 오고가니 말이 길지 않아도 넉넉하게 소통이 이루어졌다는 확신이 들었다. 대화는 이쯤에서 멈추는 게 좋을 듯했다. 싸우지 않고 대화를 마무리할 때까지 끌고 온 내가 자랑스러웠다.

"오늘은 이만 갈게요."

나는 자리에서 일어났다.

"그… 그…… 래."

김선애 선생님이 주춤주춤 일어섰다.

내가 휴게실 문을 열고 나가려고 할 때였다.

"오늘 라면……, 네 사촌 오빠가 사다 주었다고 들었어."

"아~ 네."

나는 어색하게 대답했다.

"아주 오랜만에 라면을 맛있게 먹었어. 고맙다고 전해 줘."

김선애 선생님이 이런 말을 하다니, 나도 모르게 입에 밝은 웃음이 걸렸다.

"그럼요! 오빠에게 꼭 전할게요."

나는 윗몸을 깊이 숙여 인사를 하고는 휴게실을 나왔다.

휴게실을 나와서 송승은 선생님과 친구들이 있는 상담실로 가는데 발걸음이 가볍게 춤을 추었다. 모처럼 맑게 갠 하늘에서 달님이 막 끓인 라면에 올려놓은 달걀노른자처럼 향긋하게 웃었다.

라면은 어떻게 은혜를 갚게 되었을까?

박철민(대학교수)

"괜찮아. 천천히 와."

내키지 않았지만 어쩔 수 없이 전화를 걸었는데 아내가 보인 반응이 뜻밖이었다.

"늦어도 괜찮겠어?"

의구심이 일어 되물었다.

"내일 입시 면접 맡았다며…… 준비 잘해야지."

"그…… 렇긴 한데."

"나한테 마음 쓰지 말고 잘 마무리하고 와."

"어…… 그럴… 게."

무슨 좋은 일이라도 있는 걸까? 수년째 접하지 못한 반응이라 무척 낯설었다.

"참! 들어올 때……."

아내가 뒤끝을 흐렸다.

"들어올 때… 뭐?"

"시간 되면…… 라면 좀 사 올 수 있어?"

"라면을?"

"응."

"뭐 라면 사 가는 거야 어렵지 않은데……, 갑자기 웬 라면?"

"그냥 먹고 싶어서."

"당신, 라면 싫어하잖아."

"오늘… 은 그냥…… 라면이 먹고 싶어서 그래."

아내에게 뭔 일이 생긴 게 분명했다.

"먹고 싶은 라면은 있어?"

"당신이 좋아하는 라면으로 사 와."

"나야, 늘 똑같지."

"그 라면 나도 좋아해."

"알았어. 되도록 빨리 갈게."

전화를 끊은 뒤, 일이 손에 잡히지 않았다. 잔소리를 폭풍처럼 늘어
놓았을 때보다 더 정신을 차릴 수 없었다.

아내는 중학교에서 영어를 가르치는 교사다. 꽤나 유능할 뿐 아니
라 학교에서 학생들을 가르치는 일을 천직으로 여겼다. 그러다 다섯

해 전에 아주 힘든 일을 겪었다. 교실에서 사소한 폭력이 발생했고 아내는 학생들 처지를 고려하여 무조건 처벌을 하기보다 대화를 통해 문제를 풀어 보려고 했다. 사건 당사자인 학생들도 담임인 아내가 이끄는 대로 문제를 잘 풀어 보려고 노력했다. 그러다 학부모 양쪽에서 모두 아내를 걸고 넘어졌다. 아내가 담임으로서 규정을 지키지 않고 자기 자녀를 꼬드겨서 부당하게 일을 처리한다며 교육청에 진정서를 제출한 것이다. 아내는 그 뒤로 한동안 심한 고난을 겪었다. 피해자와 가해자 양쪽에 끼어서 수많은 비난을 들었다. 비난을 견디지 못한 아내는 교사를 그만두려고 했으나, 내가 겨우 설득해서 교직을 그만두지는 않았다. 일이 수습되고 아내는 학교를 옮겼고, 아주 딴 사람이 되었다. 학생들을 차갑게 대했고, 그로 인해 받는 스트레스를 나한테 풀었다. 학교에서 쌓인 스트레스가 없어도 괜히 짜증을 내니 부부 관계도 나빠질 수밖에 없었다.

나는 최대한 일을 빨리 마무리하고 집으로 향했다. 중간에 가게에 들러서 라면을 샀다. 아주 오래전부터 즐겨 먹던 라면이었다. 예전에 아내는 라면을 참 잘 끓였다. 아내는 이것저것 넣어서 라면 맛을 새롭게 창조해 내는 능력이 뛰어났다. 특히 아내가 다양한 해물을 넣고 끓여 주는 해물 라면은 일류 요리사보다 뛰어났다. 그랬던 아내였는데 다섯 해 전에 그 일을 겪으면서 위장병이 생겼고, 라면을 더는 먹지 않았다. 물론 라면도 더는 끓여 주지 않았다. 그런 아내가 라면을 사 오라고 했으니, 도대체 무슨 일인지 모르겠다.

현관문을 열고 들어서는데 해물 냄새가 났다. 설마 아내가 해물 라면을 끓여 주려고 미리 준비를 했단 말인가? 그 옛날 먹었던 해물 라면 맛이 가물가물했다.

"들어왔어?"

무척 상냥한 목소리였다. 어떻게 반응해야 할지 갈피를 잡을 수 없었다.

"응. 여기……, 라면."

나는 아내 눈치를 살피며 라면을 내밀었다.

"역시, 이 라면이구나."

"나야, 뭐, 늘 그렇지."

"군대에서 먹고 푹 빠졌다고 했던 거 기억 나. 예전에 당신은 이 라면 먹을 때면 늘 그 얘기 했는데……."

"내가 그랬나? 내 참~!"

"추운 겨울밤에 훈련받다가 눈을 녹여서 이 라면을 끓여 먹었다던 전설은 귀에 딱지가 생길 정도로 많이 들어서 잊을래야 잊을 수가 없어."

내가 그랬다니 괜히 계면쩍어 머리를 긁적였다.

"어서 씻고 나와. 라면 같이 먹자."

"어, 그래!"

다른 사람 같았다. 아니 다른 사람이 아니라 변하기 전 아내였다. 그 옛날 내가 사랑하던 모습이었다. 오늘 아침만 해도 짜증을 잔뜩 쏟아

라면 먹고 힘내

내며 찡그린 얼굴로 학교에 갔던 아내였다. 아내가 낮에 무슨 일을 겪었기에 저녁에 전혀 다른 사람이 되어 버린 걸까? 생각에 빠져 느리게 몸을 움직이는데 잊고 있던 냄새가 내 코를 자극했다. 잊어 버린 냄새인 줄 알았는데 아니었다. 코는 기억하고 있었다. 라면과 해물이 빚어 낸 강렬한 냄새가 내 본능을 끌어당겼다. 더는 느리게 움직일 수 없었다. 나는 재빨리 씻고 식탁으로 갔다. 내가 앉자마자 아내가 끓여 낸 해물 라면이 내 앞에 놓였다.

"오랜만에 끓여서 제대로 맛이 났는지 모르겠네. 입맛에 안 맞으면 다시 끓여 줄게."

"해물 라면 끓이는 당신 실력이 다른 데 가겠어?"

"한동안 가출했잖아."

아내가 농담을 하다니, 나도 모르게 활짝 웃고 말았다.

나는 내 앞에 놓인 그릇에 면을 옮겨 담았다. 아내가 국물과 해물을 국자로 떠 주었다.

"잘 먹을게."

"맛없으면 맛없다고 해. 억지로 먹지 말고."

젓가락으로 면을 한입 먹었다. 은은한 해물 향이 면을 따라서 들어왔다. 입안 가득 내가 좋아하는 향이 퍼졌다. 면발은 다섯 해 전과 마찬가지로 식감이 살아 있으면서도 부드러웠다. 아내가 해물 라면을 끓이는 솜씨는 그대로였다. 아니 옛날보다 훨씬 좋았다. 예전에는 그냥 솜씨가 좋았을 뿐이라면, 새롭게 끓인 해물 라면에는 솜씨를 넘어서는 정성이 넘쳤다. 면이 이 정도면 국물은 얼마나 맛있을까? 설렘을 안고 국물을 입에 넣었다. 혀가 행복하다고 비명을 질렀다. 추억이 현재가 되어 되살아났다. 오징어 다리를 면발과 함께 씹는데, 그 절묘한 조화에 감탄이 절로 나왔다.

"괜찮아? 맛없으면 맛없다고 해."

아내가 걱정스럽게 말했다.

"이게 맛없다고? 이 라면이 맛없으면 세상 모든 라면은 다 쓰레기통에 버려야 해."

나는 정신없이 아내가 끓여 준 해물 라면을 먹었다. 그러다 라면을 안 먹고 가만히 나를 지켜보는 아내가 눈에 들어왔다.

"당신도 먹어."

"당신 먹는 모습만 봐도 행복해."

행복이라……, 행복이란 단어가 다시 아내 입에서 나오다니 기적 같았다.

"미안해. 이렇게 좋아하는데, 내가 그동안……."

아내 눈가에 촉촉한 이슬이 맺혔다.

＊ ＊ ＊

한 여학생이 잔뜩 긴장한 채 면접실로 들어왔다.

"긴장 풀어요."

나는 부드럽게 웃으며 말했다.

"감사합니다."

말투에서 긴장이 역력히 묻어났다. 인생이 결정되는 대학입시 면접이고, 더구나 첫 순서이니 긴장될 수밖에 없을 것이다. 긴장을 풀어 주고 싶었다. 아내가 나에게 해 주었듯이⋯⋯. 어제 먹은 라면이 생각났다. 단언컨대 앞으로 오랫동안 어젯밤 먹은 해물 라면을 잊지 못할 것이다.

"학생은 라면 좋아해요?"

라면이란 낱말을 듣자 여학생 얼굴이 몰라보게 밝아졌다.

"네. 좋아합니다. 제가 3년을 버틸 수 있게 해 준 은인이 바로 라면이거든요."

여학생의 말이 통통 튀었다.

"라면을 정말 좋아하나 보네요. 혹시 그 가운데 잊지 못할 추억이 깃든 라면이 있어요?"

"라면은 늘 저에게 잊지 못할 추억이기에 그 질문은 제가 대답하기가장 어렵습니다. 그럼에도 굳이 꼽자면, 제가 먹고 싶은 욕구를 참고잘 알지도 못하는 후배에게 라면을 사 준 일입니다. 마치 저승사자에게 붙잡힌 영혼 같은 한 후배를 보고 안타까워서 제 욕구를 참고, 그 후배에게 라면을 사 줬습니다. 그때 그 후배가 라면을 먹으면서 펑펑 울었는데, 라면을 다 먹은 뒤에는 환하게 웃었습니다. 그 후배가 힘들어하는 이유는 전혀 몰랐지만, 라면을 먹고 웃음을 되찾은 후배를 보는데 제가 라면을 배불리 먹을 때보다 더 행복했습니다."

아내가 끓여 준 라면처럼 즐거운 기운이 넘쳐나는 여학생이었다. 이 여학생이 우리 대학에 다니면서 저 맑은 기운을 넓게 퍼트려주면 참 좋겠다는 생각이 들었다. 옆에 앉은 동료 면접관이 흐뭇하게 웃으며, 질문을 이어갔다.